JN103649

Autobiography
and Proposals
for Society of Mankind

自叙伝と
地球人社会
への提言

髙橋　保基
TAKAHASHI Yasunori

文芸社

まえがき

　日本人も世界の人々も酷い戦争時代を通り抜け、やれやれと思っていたら、今度は国取り権力争いとなり、世界大戦となりました。第2次世界大戦が終わっても未だに戦争は続いているのは何故でしょう。大人達は何故争いが好きなのかと、物心がついた頃から感じてきました。戦争は、勝てば官軍負ければと賊軍と聞かされてきました。戦争は勝っても負けても両方が不幸になるのは確かです。人間は不完全であるが故に罪を犯すことが当然だと一方で考えるからです。国際社会における宗教団体を考えても、海外での宗教は争いが絶えません。日本に宗教戦争はないが、宗派が沢山あり、対決をしていました。仏教も神道もあるが、何故神聖な宗教心があるのに悪魔に変身するのでしょう。これは、生まれ落ちた時から正邪を備えて不完全な人間に生まれてきたためです。宗教が統一できず、また世界も統一できず、世界の平和や幸せな生活を送れる社会が訪れることは永久にないと、不完全な人間である私は残念ながら確信しています。

そんな私は平成25年に当時の安倍総理と公明党山口代表に宛てて次のような提言書を送りました。

　今年で東日本大震災から３年になりますが、復旧復興の目処さえ立っていません。それでも原発再稼働の声が聞こえてきます。被災地からすれば狂気の沙汰としか申せません。そんなに原発が、命より大切なら、福島に来て原発事故跡に住むことです。対岸の火事ではありません。世界中に放射能は拡散しています。

　この度の災害は単なる警告ではありません。あまりにも一部のよからぬ者達が自然界を侵し続けてきた結果、その報いが来たのです。今、世界中が災害に遭っています。人間社会は殺し合うために生存しているのではありません。何故、戦争兵器を作り、素晴らしい惑星や宇宙を侵すのでしょう。大気圏、成層圏、対流圏、磁界等が正常に働けなくなってしまいました。その結果が、気候変動然り、地殻変動然り、オゾン層・電離層破壊等々の破壊によって、地球も宇宙も著しく損なわれてしまったのです。

　地球人社会の寿命が早まり、終局を迎えることになるでしょう。これから目に見えるほど激しさを増して

くるでしょう。平成15年に出版した自著『地球環境の危機』の中で予告した通りのことが起こっています。残念の極みです。更にこのまま地球も宇宙も傷め続けていたら、「2222年には必ず、自然淘汰でなく自滅、という道を辿ることになる」とも私は予言しています。もっと早まるかもしれません。

　愚かな人間達によってそうさせてしまうのです。原発についても同じことが言えます。誰一人として責任を負わない原発事故なのに何故進めるのでしょう。チェルノブイリ、スリーマイル島、福島はそれぞれの原発事故で尊い命と財産を一瞬にして奪われてしまったのです。それで終わったのではなく、被災地の皆さんは三重の苦しみを背負って生きていかねばならないのです。それでも政府や推進者達は、懲りずに進めるのでしょうか。

　海外での原発事故では80～100km圏内が危険だと示されていて心配でしたので、福島原発事故で騒いでいるのを見て、3月12日午前10時頃でしたか、総理官邸に電話しても不通ですぐNHK郡山支局に駆けつけました。午前11時頃に到着すると、K専任部長が玄関先に立っていたので挨拶すると名刺をくれました。そこで私は、自著『要説空手道教本』サイン会

をした時の書籍を車の中に1箱入れていたのを思い出して名刺代わりに1冊手渡しました。そして、マスコミが消防車の梯子が短いから海外から借りろと言ってもめているのが聞こえたので、日本の建設会社にも長い梯子車があるからホースをセッティングした上で危険だから後方でリモコン操作すればよいと助言してから、K専任部長に「間違っても海水を注入しないように。地震で原子炉圧力容器が破損していると、制御棒、燃料タンク、圧力抑制プール、給水ポンプ、冷却ポンプ等の重要箇所が破損していることになり致命的です。恐らくメルトダウンし、原子炉圧力容器内の温度が数千度に達し水素爆発を起こし建屋もろとも吹き飛び大惨事を招くでしょうと、官邸に伝えてください」と言ってその内容をメモに記し、差し上げた本に挟んで渡して帰宅した。

　私は国民に問いたい。電力は本当に余っています。国民の多数が電力不足だと思い込まされてきています。現実を直視すれば分かることなのですが、マインドコントロールされたように現実から逃避しているから、受け入れないのです。現に原発54基が動いていないのに節電をしろとも言いません。結果的に証明しています。本当に足りないなら、事前に対応策をとってい

るはずです。少なくとも東西の５０Ｈｚと６０Ｈｚの統一とか、変換機を備えたり、送電線の自由化に踏み切っていたと思います。そうしなかったことは、十分余裕があったからなのです。

　原発事故がなかったら、青森県六ヶ所村や高速増殖炉もんじゅに十数兆円もかけながらトラブル続きで、未だに完成しないことも知らなかったでしょう。こんな状態では埒があきません。世界中の専門家をもってしても万が一の時の対策の方法がないというのに原発を進めさせようとしています。恐ろしい限りです。原発が稼働している時に１００％送電されていても、約六十数％がロスしていたのです。僅か三十数％しか供給できなかったのです。過剰に供給しても受け入れる需要がないとロスが大きくなり、海、川、山、地下に迷送電流となって地下埋設管や構造物等を腐食させます。そのために企業も電気防蝕対策費に膨大な設備費をかけざるを得ません。

　平成23年３月11日の東日本大震災は原発事故で大惨事を招いてしまいました。放射能は広範囲に亘り拡散し、海外へ逃げた人もいました。未だに対策もなく、

福島県民は放射能と背中合わせで暮らしています。これは、人災によることが大きな要因です。現実を直視して下されば分かることです。その後、原子炉を廃止しても汚染水や汚染物質の処理に困っています。青森県六ヶ所村再処理工場は許容量に達し既に満杯です。もんじゅはトラブル続きで完成は不可能と言っている。こんなことで原発の推進は不可能です。自然再生可能なエネルギーに力を入れていくことです。「ウラン＋プルトニウム」は混合酸化物燃料（MOX燃料）です。海外で行なっているが核燃料と言って「プルサーマル」です。結果的には原子力発電を行なうことは、核を持っていることになります。

　また今は、コロナウイルス感染症が発生し大変なことになっています。地球環境を汚すことで得体の知れないウイルス感染が飛散すると私が予言した通りになってしまいました。

　本書では、子供の頃に戦争を体験した私の生き様を知っていただくとともに、その中で形成された人生観をもとにして地球や環境を考え実現してきたことや、それに関連する創案資料を収録しています。読者の皆様の心に、地球人社会に向けての私の提言が少しでも響けば幸いです。

目　次

第1章
私が歩いてきた道

私は昭和10年に福島県安積郡（現郡山市）富久山町久保田45番地に三男坊として生まれた。しかし5歳の時、我が町の大火で全て焼失してしまった。

　昭和15年4月2日午前9時50分、当時の安積郡富久山村大字久保田は大火災に見舞われ大惨事となった。火元は豆腐屋とのことだったが安藤源司宅だと後で知った。風速15.6mの風が吹く真っ最中、民家の多数が農家で藁葺き屋根が殆どだったことから、北側の郵便局と寺院及び民家など約1㎢の地域が一時火の海と化した。

　警防団の自動車、消防隊、並びに日東紡績富久山工場の自動車ポンプ隊などが近郷より加わり消火活動するも、風勢激しく猛火の暴威に任せる外なき状態に陥った。尚、午前11時頃、久保田の大部分が灰燼し、余燼更に猛然として煙は数十丁風下まで煙幕の如く広がり、約2時間足らずで158戸330棟が灰燼（その内3戸半焼）に帰した。損害総額百万円。

　我が家は子供達を安全な所に避難させた。一時裏山に出て墓場を通って叔母の家に避難した。その墓場を通る時、ある家の赤ベコが邪魔をしていたので長男が慣れた手でどかし、無事に叔母の家に着き暫く様子を見ていると、鎮火した知らせがあったので、兄弟姉と

揃って家に戻ると、２つあった蔵が１つだけ残っていた。すると、蔵の前に大勢の人が集まり、扉を開ける開けるなと騒いでいたが、父が大声で怒鳴り、「素人は黙れ。早く開けないと石油缶が熱を持つと爆発して火の海になる」と言ってすぐ蔵の扉を開け、石油缶をバケツリレーの如く外に出した。

　父は、脱穀機や籾擦機で富久山の地域一帯の農家を助成して回るため、十数本の石油缶を備蓄していた。父の判断が正しかったので、皆手を叩き称賛し、喜び合った。待っていた消防隊が放水し、壁際の羽目板が焦げ始めていたが消し止めて、皆ほっとした。一段落するかと思ったら、裏の土手に火が燃え移っていたので消しにかかるが殆ど燃えた。手伝いに来た伯父が地下足袋の底を篠竹の先で突き刺し大怪我をした。その時、父が地下足袋を急いで脱がせ、傷口を水で洗い、残りの竹の破片を取り除き、キセルから黒いノロを取り、タバコの刻みと一緒に傷口に塗り、手拭いを切り裂き包帯の代わりにして応急拠置をした。この処置が良かったので膿まず破傷風にならず治ったと言って、伯父はのちに父にお礼を言ってきた。以前から父にタバコや餅草や蓬などは薬草だと教えられていたので、こういう時に役に立つのだと再認識した。

我が家の家系図によると家紋は足利尊氏の「丸に二つ引き」。大火により系図も大事なものも全焼して何も残らなかったが、一部掛け軸と、十二ヶ村の庄屋から贈られた郷土の花瓶が残っていた。ちなみに、我が家に別の家紋もある。12代景行天皇に頂戴した「五家紋に二つ引き」のものだ。

　我が家はその大火で丸裸になったが、父は親類や保険金の助けで、元の家と同じくらいの家（宮造り）を買い移築したので、早く平常の生活を取り戻せた。それまでは親戚にご厄介になった。2つあった蔵の1つが半焼で残ったが、石油缶、農工具、衣類、書物、食器、生活用品が少々だったので、当座の生活は大丈夫だった。家が出来上がるまで、蔵を補修して住めるようにした。昭和16年、富久山行健小学校（当時は国民学校）に入った。

　我が町の大火が起こったのは昭和15年で、翌年は第2次世界大戦が始まった。日本とアメリカ合衆国即ち連合軍との戦争である。大東亜戦争と呼んだ。

　昭和16年頃の日本は、神の国だから神風が吹き勝利すると国民は信じ込まされていた。戦争一色になり、志願して軍隊に入る人が多かった気がする。赤紙（召

集令状）が届いて町の誰かが出征する日は、町を挙げ
て、婦人会まで加わり、千人針で縫った日の丸を背中
に纏った出征者を万歳をして送り出していた。シンガ
ポールを早めに陥落させたら日本が上位に立てると
思ったのが過ちだった。アメリカ合衆国に勝てるはず
がないのに無謀な戦争をした日本の馬鹿で浅はかな大
人達を許せない。終戦の苦しみは耐え難いものだった。
誰一人として責任が取れなかった。今でも世界からは
敗戦国として何もできない弱い国とみなされている。
北方四島を取られ未だに返還されないのは弱いからだ。
島民だった人の苦しさに報いてやれず実に困ったもの
だ。拉致家族も同じ。

　昭和18年頃になると、ラジオから大本営発表が聞
こえてきて、敵機何機撃墜、敵艦何艘撃沈したと流し
ていた。それを国民は信じていたが、真実はその逆で、
日本の損害のほうが大きいと、後で分かった。日本は
どうなってしまうのかと心配したことも確かである。

　昭和19年になると戦争が激しくなり、サイパン島
玉砕とか沖縄占領などと言われ、やがて本土まで空襲
を受け始めた。昭和20年には広島、長崎に原爆が投

下され、火の海と化し、東京も大空襲によって焼け野原になったとか、我が田舎も爆弾が投下され、戦争というより一方的に攻められ、軍事工場も地域もかまわず爆弾が投下された。

　人畜問わず爆弾によって跳ね飛ばされたり様々で、あちこちに屍となったり、まだ傷を負って苦しみもがき、悲鳴を上げていた人がいたのを見たが、何もできなかった。実に憐れだった。いつまで戦争を続けるのだろうか、早く降伏してこれ以上犠牲者を出さないでほしいと、幼いながら心の中で思った。こんな田舎まで爆撃されても、一億玉砕だと言っていた軍人や大人達がいたのも事実である。当時は、「戦争は負ける」と言ったら非国民とされ、憲兵隊に連れていかれた。大人達のやっていることは間違っていた。

　昭和19年から20年にかけてのことを少し詳しく記しておく。

　私達が体験したのは一例に過ぎないが苛酷なものだった。田舎まで空襲があり、B29爆撃機による爆弾が投下された。学校の防空壕が裏山の高台にあったので、そこに避難する途中の麦畑でグラマンに後ろから機銃掃射されたが無事だった。松林の中に作られた防空壕は屋根がなく、日東紡績工場に爆弾が投下される

と爆風があり、鑑載機の爆音や機銃掃射している様子がよく見えた。空襲警報が解除になりすっかり静かになってから校舎に戻ると、窓ガラスが爆風で破壊され、天井は屋根を突き破り、弾片が天井や床に散乱し、その切っ先がカミソリの刃のようだった。教室に入って一段落すると、先生から班毎に帰るよう指示があったので帰路に就くことにしたが、校門を出たらみんなが日東紡績工場の爆撃された跡が気がかりで近くまで行くと、実に悲惨な光景が目に入り、目を覆うほどの有り様だった。人間と豚等の死骸が散乱し、負傷した人が悲鳴を上げ苦しさを訴えていた。そこに消防団や救助隊が駆けつけてきたようだったが詳しくは分からなかった。大人達が「子供達は早く帰れ」と言っていたのを覚えている。帰りかけると、どこからともなく声がしていたのも耳について忘れられない。よく見ると、周りには爆弾の穴が大きく空いていた。後に雨水がたまり魚釣りができた。田んぼが穴だらけで農家が困っていたことも知っている。埋め立てるには大きく深すぎて当時は難しかったようだ。

　家に帰り着くと、樹齢350年くらいの大きな欅の木の下に横穴式防空壕が掘られていたので安全で安心していたと、我が家の防空壕に避難していた人達が話し

ていた。日東紡績工場への爆弾投下による爆風にも耐え、扉の鉄板が少々凹んだくらいで済んだと言っていた。近所の人達がその中に入っていたので、帰り際にお礼の言葉を言っていた。この頃の子供達の遊び道具は竹鉄砲、水・杉・紙鉄砲（紙鉄砲は直径1～1.2cmくらいの太さの竹を選び、口に紙をくわえて丸め、竹筒に詰めて杉鉄砲の要領で撃ち合って遊ぶもの）を作って遊んだり、竹馬や竹トンボで競争したり、泥警ごっこ（泥棒チームと警察チームに分かれて遊ぶ鬼ごっこ）をしたり、冬はソリや下駄スケートを自分で作り、長靴に履く靴スケートは鍛冶屋で作ってもらい、バンドで長靴に取り付けて池や田んぼの氷の上で滑って遊んだ。

　B29による爆弾投下の日を境に空襲が暫くなくなり穏やかな日が続いていたが、父が心配して、開墾した大原の杉林に掘っ立て小屋を建てていたので、一時、みんなでそこで避難生活をしていた。しかし両親は畑仕事が気になり家に戻っていった。それからも警報は時々鳴ったが空襲が遠のいていたので農作業に精を出せたようだった。家の裏の土手には樹齢350年以上の欅の大木が立っている。その真下に松の丸太で枠を組んで横穴式の防空壕を作ったので、空襲があっても安

心して入っていることができたのだと思う。欅の幹の太さは大人3人が腕を伸ばしても届かないくらいだった。

　私と祖父母と兄弟姉は暫く掘っ建て小屋生活を続けていた。ある晩、空を眺めていると、星が1つ流れ落ちた。空は澄み渡り満天の星が輝き、手を伸ばすと垂れ下がる星を掴み取れそうだった。今は星数も少なく遠く、霞んで汚れきった夜空だ。B29爆撃機による爆弾が投下された翌日は青天に恵まれ、天を仰ぐと真っ青に澄みきった空に太陽が燦々と輝き眩しさがとても心地好かった。山野を望めば時折真っ白な綿みたいな雲が空にポッカリと浮かび、太陽を覆い隠す光景もひとしおだった。美空ひばりが歌う歌の歌詞そのものだった。

　その後、何もなく数日過ぎた頃、澄みきった星空を見上げていると、上空から何やら光る物が下りてくるのが見えた。落下した所に恐る恐る近づくと、キラキラ光るテープ状の束が横たわっていた。以前聞いたことがあったので、電波防害の錫と分かり、拾って家に持って帰りしばらく保管していたが、警察に届けたらお礼を言われた。掘っ立て小屋での避難生活から1ヶ月余り過ぎても空襲がなかったので家に戻り、普段通

りの生活をして、学校へも家から通った。すると飛行機の油が足りないと言って、生徒達は松根油集めをさせられた。

　何ヶ月経ったか定かでないが、警戒警報が発令される度、P38偵察機かB29か鑑載機か分からなかったが上空を旋回して飛んでいるのを見た。しかし爆弾投下はなかった。やがて警報が続くようになり、電灯の笠に黒い布を被せるようにと命令が出た。

　昭和20年7月29日午前8時26分頃、警戒警報が発令され、鹿島灘方面からB29が2、3機福島県内に侵入したが、その後空襲警報が発令されないまま午前9時15分に駅付近に爆弾が投下された。郡山駅構内付近に1トン爆弾が1発投下されたと言っていた。駅待合室の建物は半潰し、中にいた人は即死で、建物の下敷きになったり弾片と爆風でやられたのか声を上げてうなっていたり悲鳴を上げている人もいたという。

　昭和20年7月30日、徳定地内で牛と父娘が投下に遭い、爆弾の破片と爆風で死亡したと伝えられた。

　昭和20年8月9、10日の両日は早朝から夕方にかけて艦載機の攻撃があった。9日は午前5時45分に空襲警報発令があり、艦載機による上空からの機銃掃射が既に始まっていた。午後2時52分に2度目の空

20

襲警報が発令され、午後5時26分に解除された。その間の12時間という長時間に亘って空襲され、御館村（中田町）の約20戸が焼失した。この日、郡山駅への小型爆弾の投下によって鉄道線路、駅待合室、貨車等が損害を被り、更に付近の駅と客車が攻撃を受けて、駅舎、車両が損害を受けたばかりか乗客が列車から飛び降りると機銃掃射で打ち殺されたと伝えられている。艦載機は大編隊と小編隊で反復的な攻撃を行なった。日本軍は郡山郵便局屋上からの高射砲機関銃と海軍航空隊の高射砲機関銃隊の地上砲火で阿武隈川堤に敵機の1機を撃墜し2名が戦死したので、小原田の寺の墓地に埋葬した。別の1機は須賀川市の西川地内に墜落したが、落下傘で下りてきた敵の兵士を捕まえて須賀川警察署に連行。落下傘で下りてきたのは男性と女性の兵士2人で、日本人は下で竹槍と銃剣を持って待ち構えていたと言っていた。通訳を交えて情報を聞き出すと、「艦隊は福島県沖500km辺りにいて、日中は200km近海まで航空母艦が来て飛び立ち攻撃を繰り返している。日本はもうすぐ終わりだ」と言ったということだった。この時、既に物資がなく、自国を守ることもできなかったのに日本は息巻いていた。

　昭和20年8月10日午前5時28分に空襲警報が発令

され、午後2時38分に解除されたが、午後3時8分に再び空襲警報が発令され、午後5時33分に解除された。この日も前日同様に軍関係飛行場、軍需工場や鉄道関係に小型爆弾が投下され、機銃掃射を受けた。前日からの攻撃で郡山海軍部隊は相当な被害を被ったとされている。中島飛行場（扶桑第130工場）はアメリカ本土渡洋爆撃の双発爆撃機「銀河」の部品製作と組立工場だった。この日、艦載機に集中爆撃され火災が起き消火活動ができなかったことで、結果的に完成間近な銀河数機と沢山の部品が吹き飛ばされ、工場も全焼したと言っていた。

　この頃になって日本は、連合軍の本土上陸を予想して、金谷飛行場の練習機「赤とんぼ」に爆弾を積載して体当たりする作戦を企んで、山林の中に隠蔽しておいたと言っていた。敵軍の戦闘機は日本のゼロ戦や戦闘機より速くて性能が良いことなど子供でも知っていた。艦載機はゼロ戦が不時着した時に真似られ、それ以上の飛行機になったことを誰もが知っていたのに、日本はそんな馬鹿な作戦を考えたものだ。

　終戦はいつだろうと思っていた昭和18〜20年前後に、雀とかキジ鳩を撃つパチンコを作って撃ったが、空気銃があっても使わせてもらえなかった。そのうち

に遊び方も変わっていき、ビー玉、パッチ、ドン、カルタ、トランプ、花札、軍陣将棋と普通の将棋で勝負して遊んだ。更に学校には武道の用具があり、戦後は剣道、太刀や木刀があったので、時々練習した。尚、我が家に革製のミット、グローブ２つ、ボール３つほどがあったので、庭でキャッチボールをしていた。その後、草野球をするようになって、布でグローブを作ったり、ボールを作って、校庭や田んぼや空き地で週３〜４回は他の地域のグループと試合をした。昭和18年頃に武道に志を立て、空手を始めた。旧制安積中学校４年生の頃、当時、空手三段と言っていたＮ氏が夕方に必ず後輩である私の叔父の所に立ち寄るので、その時からなんとなく空手の指導を受けるようになった。毎日楽しみになり、裏に巻藁を作り、拳を鍛え始めた。

　高学年になると更にやんちゃになり、四輪牛車に頭を轢かれたこともある。芋掘りを見ていた時に兄に鍬で鼻を打ち切られパックリと開いた時は、母に応急処置をされたあと医者に連れていかれたが、その応急処置が良くて助かった。今でも傷痕がある。地下４ｍくらいの深さのサイロの中で両親が仕事をしていたので覗き込んでいたら引き込まれ落下したが、その時も運

良く助かった。

　昭和20年8月15日、遂に日本はアメリカに屈服したのである。この日の正午、郡山警察署署長室で終戦の玉音放送を聞きながら、みんな溢れる涙を抑え切れず泣きはらした。それは余りにも大きな犠牲に対する無念の涙であった。私は我が家の居間で、家族と近隣の人達と集まってラジオの前に座り聞いていた。日本は連合軍への無条件降伏を受諾し、天皇陛下は自らラジオ放送（録音）を通し国民に終戦を告げた。

　満州事変勃発から14年、太平洋戦争から3年8ヶ月、広島・長崎に原子爆弾投下され遂に戦争は終了した。天皇陛下は、「一戦将兵銃後の国民も心を一にして戦ったがこれ以上の犠牲は忍び難く、戦いを終止する。朕は時運の赴く所堪え難きを堪え忍び難きを忍び、以て万世の為に太平を開かんと欲す」と申された。大人達は泣き崩れんばかりだった。暫くするとみんなため息をもらし、がっかりした様子だった。神風は吹かなかった。

　みんなは言っていた。「第一線で戦った将兵達は命がけであったろう。戦死者が多いと思うが、自分達は内地に残り別な形で命をかけてやってきた。だが空襲で亡くなった人も沢山いる。この責任は、戦争を始め

24

た軍人、首脳部にあるが、そうは言っても後の祭り
だ」と。決定的問題は制空権・制海権がアメリカの手
に落ちて内外地の各戦線への戦略物資、武器弾薬、飛
行機の補給が断たれたことだった。兵隊を乗せた輸送
船は途中で攻撃され、殆どが沈没して海の藻屑と散っ
ていった。更に不可侵条約を結んでいたソビエトがこ
れを破り、８月９日に国境を越えて軍隊を送り込んで
日本に宣戦布告をしてきたことで満州、北方四島まで
占領され、今でも返してもらえていない。火事場泥棒
だがどうにもならずに今日に至っている。

　終戦間近のある日、P39偵察機かB29かどちらかが
上空からビラを撒いたことをはっきり覚えている。降
伏を促すような内容だったと思うが定かではない。上
空から沢山のビラがヒラヒラと舞うように下りてきて、
大人や子供が拾っていた様子が今でも目に浮かぶ。あ
れは昭和20年８月14日夕刻だった気がするが、確か
な記憶が薄れてきてしまっている。

　昭和20年になると、戦争は激しくなり、学校も休
みが多くなった。農家は夏になると麦刈りをしないと
大変なことになるが、空襲が怖くてできなかった。終
戦になって麦刈りをして水団子にしてもうどんにして
食べても甘ったるくて、ネトネトして不味かったが、

食糧難だったのでそれでも我慢して食べざるを得なかった。

　中学生になると、校舎がなかったので小学校の古い建物の教室を借りて勉強していた。校庭も共同で使用していた。当時、先生が軍隊に取られていて少なかったので、叔父の同級生と、空手を教えてもらっていた人を含め、代用教員で来ていた。ただし授業らしい授業がなく、野外授業と言って、稲子取りか道を耕し、芋とか野菜を植えて野良仕事をさせられた。旧制安積中学生は優秀な学生が多かったと思う。夏休みになると東京に行き、先生の資格を取っていたことを、空手を教えてくれていた叔父の上級生だった先輩に聞いた。

　中学生になると野球チームに入りピッチャーをやった。２年生か３年生の頃、放課後に監督の先生の指導を受けながら練習をしていると、日東紡績工場に指導に来ていた青田選手が（当時、赤バット川上、青バット青田と言っていた頃の話）、知り合いだと言って監督の所に会いに来ていて、私達の練習を見てくれた。

　私がピッチャーをして、オーバースローの速球でカーブドロップを編み出していたら、青田選手が打たせろと言ってバッターボックスに立ち、３球とも空振り三振にした。すると、もう１球投げろと言われて投

げたらヒットを打たれたが、誉められた。しかし、傍で見ていた監督の先生は怒った顔をして、「今日からライトを守れ」と言って投手を外された。何が気にさわったのか、今でも理解できない。何度理由を聞いてもノーコメントでした。県大会で会津中学校との試合の時もライトのポジションのままで、その試合も負けて帰ったことの悔しさが今でも時々思い出されます。更にこの頃、斉藤銀次ボクシングジムに友人と二人で３日間練習に行ったが、相手が隙だらけで一撃で倒してしまった。空手を７年近く修練していて、武道家を目指していたので、ボクシングはやめて、空手道と柔道に絞り、警察道場で鍛えることにした。

　この頃、中学校で映画鑑賞が企画され、「路傍の石」を観た。映画館に入ると必ず最初にニュースが上映され、東京、広島、長崎の原爆投下による大空襲の凄まじい光景と犠牲者が沢山逃げ惑う有り様が映し出された。負けた悔しさより、悲しさのほうが大きかった。あちこちの席からすすり泣く声が聞こえてきた。引き続き「路傍の石」が上映されるとしーんと静まり返り、映画鑑賞に入った。終了後、外に出ると、みんな目を赤くして泣き腫らしているのが分かった。私達は無様な負け方をした悲惨な戦争時代に生まれ育った

犠牲者だ。こんな体験をしてきたからこそ二度と戦争をしない、させないということを世界の国々にも訴えていく。戦後七十年余、日本は平和を守ってきた。戦争は勝っても負けても当事者同士の責任。未来の孫や子供達に責任を押し付けることがあってはならない。両国の当事者、大人達の責任であるのだから。

　中学3年生になると、戦後の農家は落ち着き、猫の手も借りたいほど忙しかった。小作人がいる頃は良かったが、近所に手伝ってくれる人はいても素人なので、毎日来てくれて助かっていても手が足りず、私も大人並に働かされた。中学3年生だったが武道と百姓の手伝いで鍛えられていたので大人並以上の体格の私は力があった。学校では「力さん」と呼ばれていた。地域の若者、つまり農家の長男達が手伝いに来ても米俵を結えずかつげなかったので、私が正味16貫500匁の米俵を結って約80m先の廊下まで担いで持っていった時の、父や周りの大人達のびっくりした顔を今でも覚えている。父は農繁期になるのを楽しみにしていた。学校が休みになると兄弟3人揃って鍬と担ぎ出す籠を背負って山仕事に出掛けた。近所の人に羨ましいねと言われていたのが昨日のような気がしてならない。

田植えの時期はどこでも、馬耕作、牛耕作、荒ぐれ（器具を牛馬に曳かせて土を細かくする）の際に鼻取り（誘導）の助手として手伝った。戦争で男手をなくした親類の所まで行って助けた。代掻き後は父が田植えをしやすくするため升目に筋掻き器具で線引きしたりほとんど行ない、田植えは家族と百姓同士が助け合う。とても賑やかで、昼の大きな握り飯と煮物と沢庵が、田植えの時の一番楽しい一時だった。その美味しさが今でも忘れられない。田植えが終わると一斉に水掛けで奔走する。これが毎年起こる水掛け戦争だった。上のほうの田んぼの人が早いと、止められた堰を少し開けて流してもらう。下の田んぼの人が早い時は、下の田んぼの人に権利があり逆になる。その時、堰の開け閉めで争いが起きていた。私も経験している。稲が実る前は草が生い茂るので草取りをする。初めは手で取り、次は刃がある田車を押して取り、次に草を絡めて取る丸型の車を同じように押して取る。畝１本の間を田車掛けするので結構重労働だった。

　農家の仕事は春夏秋冬あって、一年中休みがないと言っても過言ではない。冬になると藁仕事があり春に備える。休みと言えるのは冬の寒い雪の日、台風や大雨時は少し休むくらいで、少々の雨なら蓑笠を着けて

働く。私も体験している。百姓の仕事はたくさんある。麦踏みから冊り切り、麦刈り、田植え、稲刈り。どれも腰が痛い仕事だ。束ねて、丸太ではぜを作り、そこに麦、稲を天日干した後、家まで運び、脱穀する。これも体験したが、最初は車に引き込まれそうになって危険なのだ。馴れてくると一人前に扱えるようになった。

田んぼ仕事が終わると、麦や稲の穂先にあるトゲが刺さり、チクチクして真っ赤になり痛かったのを思い出す。この時代の牛、馬の餌は、藁だけでは栄養不足になるので、残飯や野菜くずや粳米の屑米を煮て食べさせていた。朝早く起きて、春から夏にかけて、兄弟3人で草刈りに出掛け、牛車いっぱいに積んで、冬場の干し草として備えた。百姓の家に生まれたので、戦争もあったし勉強どころではなかった。

こうした時代に負けないため、自分の目的を果たしたいと強く考えるようになり、都会に出る決意をしていた。東京は焼け野原であることを知っていたので、今をおいて都市再生計画はないと考えたからだ。しかし、父に反対されることは間違いなかったので、様子を見て、時機を待って上京する手立てを兄に相談していた。これからの我が家の財政を考えると、次男が二

年遅れで三男、四男とともに高校生となり重なってくることも分かっていたので、1人でも早めに上京して食い扶持を減らしたいとも考えていたのも確か。いずれにしても、高校は東京のほうが良いと考えていた。日本大学附属工業高等学校が金屋の徳定にできることが分かっていたので、そこに入ることを決め、東京の本校に編入する計画をしていたからです。自分の能力では試験に合格はできないと思っていた。秀才でも天才でもないので、自助努力以外になかった。そうして日本大学附属工業高等学校の門を叩くことができ、第一歩を踏み出したのである。

　昭和25年の春に入学。最初は郡山駅まで徒歩、郡山駅から安積永盛駅で下車して更に徒歩で校舎まで通学した。学校は徳定と言っていたが、下河原の金屋飛行場の近くの兵舎で、同じ兵舎に日本大学附属東北工業高等学校第1期生として入学した。これは東京に行く足掛かりだった。私が中学3年生の頃、長男の部屋に毎晩、町の青年団達や自民、社会、共産党員達が集まっていた。政治の話や社会がどうのこうのと話し合っていたのが聞こえていた。兄は警防団団長、消防団団長などをしていたので、入れ代わり立ち代わり人

が集まってきていた。農家の長男達が来ると、兄は農業政策を論じた。これからの農業は先祖代々の土地、つまり田畑が大事だと言って、縛られていると百姓は発展できないと話し、お互いの境を取り外し、土地を広くして、耕作車を入れて共同経営をして改革すること、誰もが経営者になって労働者を募り育成していくことが、これからの農業政策として大切な時期に来ていると説いた。しかし、みんなは先祖代々の柵から逸脱できずにいた。私は兄の考えと同じだったが、兄にはそれから何も言わなくなった。

　党員達が来ると兄はマルクス・レーニン主義、唯物論、唯心論で論戦していた。共産党はマルクスのエンゲルス主義を主張していた。綺麗事に聞こえるが、現実とは掛け離れている。単なる空想か理想に聞こえる。人間は植物ではない。無心論者でもなく個人個人は意思を備えた生き物である。肯定も否定もしないが、みな同じ人間である。働かざる者は食うべからずも、ある一面を補えれば正しいが、どこの国も格差社会で、特にソ連は格差が酷いと示していた。私の同窓生の親友が体験したことで日本兵達は日本に帰してくれると思ったらシベリアに抑留され、厳しい寒さの中、土の凍みついたところを耕やかせられたが、15cmも掘れ

なかった。すると棒で叩かれたと言っていた。その人はなんとか耐え、やっと日本の地を踏めたと話してくれたと、同窓生が話していた。1日に高粱と1枚の食パンと水だけだったので死者が沢山出たらしい。帰ってこられたのは3、4割くらいだと言っていた。これは人権問題であり、国際法で裁く必要がある。

とにかく兄は哲学者的に論じていた。私も兄とともに学び、「ぬやまひろし」の『いかに生くべきか』とか実践論を学んだ。いずれにしても、世界中が格差社会であることが間違いないことはよく分かった。ただし、許される程度の格差にするべきであると確信する。

この頃はまだ田舎に進駐軍がいた。兄は英会話の勉強をして通訳になろうとしていた。戦後間もない頃、山仕事に行き、帰りに単語カードを片手に覚えようと努力して、仙台にテストを受けに行き合格したのに、通訳になれなかった。長男だったので、当時は自由にならなかったこともあって、勘当すると言われたので共産党に入党してみんなを困らせた。マルクス・レーニンのエンゲルス主義を勉強して分かっていたが、実際に食ってみないと本当のことを知ることはできないと言って入党し、代々木の共産党本部に行き、徳田球

一委員長と対決して埒が明かず脱党して帰ってきて、話にならなかったと言って、やはり今はアメリカのデモクラシーが人間社会に合っている気がすると言ってから、本当の自分に戻り、平常心となり、話が分かり易かった。私も納得でき、安心した。

　兄はその後、農作業をしながら日銭を稼ぐためか、アパート経営を試して、実家を改築して貸していた。父も兄から教えられて納屋をリフォームしてアパートにして日銭を稼いでいた。農家だけでは良い生活ができなかったからだ。忙しい時には人を雇って百姓を維持してきた。農業の収入よりアパートの収入のほうが多く、確かな商売だったようだ。時代の流れだったのだろう。表通りには店舗を建て、借家にして家賃収入が良いと考えてのことだった。だんだん若い人が百姓から手を引き、土地を手放す家が出てくるようになったからだろう。核家族の始まりだったようだ。

　私は田舎を飛び出す前に、農家の若者達に、これからの百姓は企業化し、農道も狭いので耕作車や車社会になったら４ｍ道路にしないと仕事に影響する時代になると言っていた。いずれにしても都市計画は東京だけでなく地方都市も改革しなければならないと確信していた。

昭和25年、日本大学附属東北工業高等学校第1期生として入学。1年生の時にクラスメイトから野球部を作りたいのだが一緒にやろうと誘われた。彼も投手をしていて、私も投手だったので投げ比べをすると、同じオーバースローでした。彼に先に投げさせると、かなり速いスピードでした。次に私が投球してオーバースローでカーブドロップした球を彼が受け止めることができなったことで、「スゴイ球だね」と言われた。「私が編み出した」と言うと驚き、是非一緒にということになったのだが、私は既に空手部を作る計画が進んでいたので野球部の話は断った。

　入学早々、同級生のN君が中学生になってから空手を学んだと言っていたので私は意気投合し、空手部の許可を取り、空手部を作り、部員十数名でスタート。私が主将でN君が副主将となってスタートした。先に大学のW主将に話をつけていたので、大学生と一緒に稽古させて頂けました。そして、糸東流の師範である岩田万蔵先生に承諾を得ておりました。先生から糸東流の歴史を教えられ、「糸州先生の糸、東恩先生の東を取り、糸東流」と命名したと示された。

　N君は中学生から学んだということで、大学生は殆

ど大学に入ってから入部して始めた人が多いので、小学生から空手を学んできていた私は大学生達に劣らなかったが、W主将が快く招いてくれ共に練習させてくれた。W主将宅に招かれ、ご馳走もしてもらいました。よほど気に入られたのか、本当に良くしてくれました。

　大学生で三段の先輩S氏が時々来ると、修練中の私を「頑張れよ」と励ましてくれた。そのことが今でも思い出される。当時、W主将はグリーンの帯だったが組手をすると主将だけあって強かった。毎年、日本大学空手部と安積高等学校の演武会が郡山公会堂で開催されていて、私達の高等学校の空手部も参加することになった。3校合同開催でした。開会に先立って岩田万蔵先生が模範演技をされ、棒術も行われた。そして大学生のW主将も形の紹介と約束組手を行い、各部員の組手の試合が行われ、最後は高校生の組手の試合になり、安積高等学校のM主将と日大附属東北工業高校のT主将との組手の試合となった。

　私は幼少の頃から鍛錬してきてその時は空手歴10年目になっていたので、「田舎初段」と言われていた。三段のS先輩の組手の相手をしていたことや、旧制中学時代から続く安積高等学校空手部の三段のNさんから指導を受けていたことで、M主将との試合に簡単に

勝ってしまった。結局優勝しました。相手は３年生で私は２年生の春休みの初めての演武会で、日大附属東北工業高校のＴ主将が安積高等学校のＭ主将を破ったことで、私は高校全体に知られ、全校の顔役となり、番長扱いされてしまった。学校に行くと「空手部ができたばかりなのに強いね」と周りからもてはやされ、大変だったことが今でも思い出されます。加えて、その演武会で優勝したことで、岩田先生から期待されるようになっていった。「東京に上京するなら一度埼玉の道場を訪ねなさい」と言われ名刺をくれた。上京してから一度訪ねた時、先生が留守をしていて会えなかったが、田舎に戻ってから日本剛柔流大会の時に息子さんに会って話をした。岩田先生が他界後、息子さんが引き継いでいることが分かった。今は糸東会で活躍している（私は糸東会の師範扱いとなっている）。

　私が山田辰雄師範の二人の息子さんに出会ったのは昭和28年頃に山田師範が連れてきた時だ。兄が中央大学１年生、弟が中学生で、空手を始めたばかりだと紹介された。長男は浅黒く背が高く、少し視力が弱かったようだが熱心に稽古に励んでいた。次男は先生と顔も背格好もそっくりだったのでよく覚えている。その時、Ｈ君にも出会った。Ｈ君は日本大学の学生で

はなく、なぜ他校の学生が道場にいるのか不思議に思っていた。私は山田師範が連れてきたとばかり思っていたが、彼は明治大学1年生だったことをのちに知った。H君と山田師範の長男はいつも片隅で遠慮深げに稽古をしていたのが印象に残っている。その時のH君が三段だと言って、H君から挑戦を受けたことがあった。もちろん受けたが私の敵ではなかった。試合後、何年くらい空手をやっているのかと聞いたところ、約3年だと言った。私は12年だと言うと、彼は非常に恐縮し、その時の顔が今でも脳裏に刻み込まれている。それ以来彼とは急に親しい間柄となった。今は山田師範の長男は故人となり、次男が空手の師範をしていると聞く。ただ日本拳法の看板は格闘技に変わっているという。

　上京して初めてこんな事件に巻き込まれました。昭和29年12月頃のことです。空手の指導が少し長引いてしまった私が、先に柔道の稽古を終えた同級生3人を追いかけていたら、神田小川町交差点で彼らが4、5人のヤクザ風の男達に絡まれ暴力沙汰になるところでした。仲裁に入ったところ、突然私に集中攻撃してきたので応戦せざるを得ませんでした。大立ち廻りとなり、ふと我に返ると、相手はほとんど倒れていまし

たが、この立ち廻りのせいで、バス、電車、交通機関を止めてしまった。もちろん周りは野次馬で黒山の人だかりで、当事者の同級生3人までもがちゃっかり観客の一員になっていた。カメラも照明係もいないのに野次馬の中には映画のロケかと早とちりする人もいたものです。この立ち廻りを鎮めるために、近くの交番の巡査だけでは手に負えず、神田署から応援に駆けつけてきた。その結果全員御用となり、神田署に連行。署に着いた時に相手の顔がどす黒く腫れ上がっていたので、ちょっとやりすぎたかと猛反省しました。私達は正当防衛として事情聴取のみで帰されたが、相手方は余罪があり、その日は留置させられたようです。試合以外で空手を使用したのはこの時が初めてだったが、空手歴12年になっていたので、相手の動きが手に取るように分かり、一撃一倒殺ができたのです。友人達は、私が軽く打っているように見えたのに相手が次々と倒れていったと語っていた。人助けとはいえ、空手を使ったことは深く反省し、これを最初で最後にする決意をした。実戦して分かったことは、空手を習得している人とそうでない人には大人と子供ほどの差があるということだ。山田師範から「実戦してみないと分からないことがある」と教えられたことがよく理解で

きた。よい体験をしたと前向きにとらえることにして、この教訓を胸に刻んでいる。

　神道自然流開祖の小西康裕先生の本を頂戴したことを山田師範に話したところ、よく知っているようだったので本を提供すると言うと喜んでいた。その時、これからは形もテコンドーを参考にすると言っていた。

　ある日突然、山田師範から話があると言われレストランに連れて行かれると、そこに若木竹丸師範がいて、極真会館館長の大山倍達氏も遅れて入ってきた。すると山田師範が「実は日本拳法では『形』を無視してきたので力を貸してほしい。髙橋さんは研究家で、空手の基本を見直しているそうだね。それを伝授してほしい」と頼まれた。教える相手は元力士の力道山だった。海外で負けてばかりいるので空手の技を伝授してほしいという。力士時代は張り手を鍛えていたので、空手道の基本である形「手刀」を指導した。すると力道山はシャープ兄弟に勝ち、その後は空手チョップを必殺技にしてプロレス界のみならず一世を風靡したのです。この空手チョップの影響を受けて漫画家の梶原一騎が「空手バカ一代」を売り出したが、真樹日佐夫が話を面白くするため潤色したと言っていた。つまり、山田師範を作中で由利辰郎として描いたというのだ。私は

のちに3人からお礼を伝えられた。3人はそれぞれ「今後は日本拳法に形とテコンドー（ボクシング）を取り入れる」「プロレス界も空手道の基本を取り入れる」と言っていた。

　平成17年でしたか、山田師範が亡くなったことを知りご自宅を訪ねると、二人息子の次男が応対してくれた。「お兄さんは？」と聞くと、他界して自分が継承していると話された。花と線香を手向け、挨拶し、お悔みを申し上げてから先生の話と亡き長男の話から力道山がシャープ兄弟に勝てた由来を話すと、彼はよく知っていると話してくれた。山田師範は「日本拳法空手道には形がないから教えられないので、これから、形とボクシングなどを取り入れる」と言っていたが、実行していたようです。

　その日の帰りに1階の道場を案内されると、空手道場ではなくボクシングのリンクになっていた。即ち、キックボクシング（テコンド）に変わっていた。山田師範がテコンドに進み、本部朝基先生の日本拳法空手道は私の流儀だけになった。本部朝基宗家としてナイファンチの形も消えた。沖縄の一部の師範がやっているが、本部朝基流祖のナイファンチの形ではない。私が金城師範から聞いたナイファンチの形ではなかった。

H君はどうしているかと聞くと「連絡するとすぐ来ます」と言って連絡がとれ、近くの喫茶店で会い、昔話に夢中になり、2時間近く話をしていた。今は2人で協力してジムを続けていると言っていたので、頑張るようにと言って帰り際にH師範が一言ぽつんと「あの時挑戦して負けたが、よき経験をした」と言って微笑んだのが印象的でした。結局「私が日本拳法自然無双流空手道」として継承していくと言っていた。

　昭和20年代終わりのこの頃、地域から入学した生徒や先生から、戦時中に爆撃された時の被害状況を耳にタコができるくらいに聞かされた。金屋の親戚の伯父の話だと、落下傘で下りてきたのは男の兵隊で、もう1人は女性だったらしい。竹槍で突いて捕らえると、手を上げて、助けてくれと言ったのか分らないが、「ヘルプ」だか「ヘルプミー」だか「マー」とか言っていたようだ。警察と憲兵に連絡したのか、連行されたまでは知っていたと教えてくれた。金屋から来ている学生からも聞いているので事実だろう（文献資料には男性2人となっているが、間違って示している）。私は2年目にバス通学をしている。郡山駅から金山橋停（日大前）、今は上川原停になっている所までのバ

ス通学が楽しみだった。車掌が１つ年上の可愛い女性
だった。いつも明るく、行き帰りに挨拶をし合ってい
て、友達付き合いをしていたが、私が昭和27年の夏
休みに東京に上京してしまったので、つながりも終
わった（平成２年に彼女の家を訪ねたが、行方は分か
らず、当時のことを知ろうとしたがだめだった）。

　昭和27年の夏休みに、兄から叔父の住所と地図を
書いた紙をもらい、東京に出発した。江東区深川平久
町の叔父の家に着くと、翌日、木場３丁目から都電に
乗り、駿河台で下車して日大附属工業高等学校で編入
手続きを済ませ帰宅した。数日後、編入試験の通知が
来たので試験を受けると合格の通知があり、夏休み明
けから通学を始めた。私の目的は都市計画だったので、
区分地図を買って、日曜日毎に東京中の焼け跡を調査
して回った。実に残酷な有り様だった。焼け野原に
なった東京の実態が浮き彫りになり胸が痛かったのを
思い出す。区分地図を頼りに学校の周辺から上野公園
まで足を延ばし調査すると、沢山の浮浪児がいた。大
人と子供の靴磨きもいた。上野公園に行く階段には傷
病軍人の姿で白い着物に茶色のベルトをして首から箱
をぶらさげて、松葉杖を突いて立ち物乞いをしていた。
哀れさより戦争に負けるとこのようなことになるのか

と、情けなさと悲しみがこみ上げた。そうこうしているうちに叔父から、外交に付いてきてくれと頼まれたので、自転車に乗って歯医者さん巡りに出掛けた。地図を頼りに四ツ谷、赤坂、麹町、深川門前仲町を回り、石膏の型を預かってくる仕事だった。赤坂を回っていると焼け跡が沢山あり、これでは復興はまだまだ先になると思った。赤坂の叔父の家は影も形もなかった。その叔父も輸送船で直撃され戦死したが、家族は我が家に疎開していたので助かり、数年後、東京に帰っていったのだ。私が上京する時、両親に黙って夜逃げ同然に家を出て、姉の家で準備した。革のトランクケースには衣類、グリーンのアメリカ製の背嚢、教科書。弱冠17歳の夏だった。後で姉が、母が心配して涙を流していたと話しれくれた時、瞬間的に胸が熱くなった。心配を掛けてすまなかったと心の中で詫びた。やっぱり母親だなと思った

　焼け跡を調査している時に脳裏をかすめたのが、大都会の東京と３県の都市再開発。この時、都市計画は今をおいてないと思った。そして、この状況をまとめたら国と行政に提案することにした。高校は土木科で、大学も土木工学科を専攻し、卒論に都市計画を考えていた。都市は生き物だから、国も行政も早く進めない

44

と手遅れになりはしないかと心配していたのに、何度提案しても無視されたのを覚えている。そして、校友会の門を叩き建設省を紹介して頂くことにした。その前に叔父と問題が起き、以来、親戚の家に世話になっていたので、職を探していた。

　昭和28年、高校３年生の時に叔父の家を出て椎名町の親戚の伯父宅に１ヶ月お世話になった。ただし、このままではいけないので、空手部員の紹介で田町の下宿屋に決めると、日大の学生２人と早稲田の学生がいた。早稲田の学生とすぐに仲良くなった。空手の師範代であることを知って、東大の先生が空手の基本だけでも教えてほしいと言っているからと頼まれ、お茶ノ水駅の近くだったので、紹介されてから約１年指導して終わったが、その後、友達として付き合っていた。下宿中にいろいろな人生の勉強をした。下宿代は２食付きで4500円。叔父からのバイト代月2000円を貯金していた分の１万3000円と、父親からの大学祝い金8000円があったが、先々のことを考えて、アルバイトをしようと大学の校友会を訪ねると、事務室にいた先生が応対してくれた。「ちょうど建設省から測量助手の依頼が来ている。今すぐ訪ねるとよい」と言われたので行ってみると、翌日から来るように言われた。

バイト代は時給260円、つまり「ニコヨン」と言っていた時代で254円だったので、学生アルバイト代も260円だった。仕事の内容は、私の望んでいた道路台帳の1/500縮尺地形図と境界査定図の1/250 ～ 1/300縮尺の測量。バイト代は安かったが、勉強のため半年間辛抱して働いた。しかし、月6800円では生活が苦しくなり、もう一度校友会の門を叩き相談すると、掲示板を見て、「そうだ、ＴＧ社にいる同級生から測量設計トレースのできる人を頼まれていた」と言って紹介してくれた。本当は大学生しか採用しないのだが来年は大学に入るし、都市計画を卒論にしたいと言っていたことを覚えていてくれたのだ。言われた通り履歴書を持参して訪ねると、面接され、履歴書を提出すると、「これでよい。来年大学生になると聞いているから、今日から働くように」と言われた。既に席まで用意してあり、同じ部署には、先にアルバイトとして入っていた日大学生5名と他2名がいて、安心して働けた。アルバイト代も大学生と同じに扱ってくれて時給340円だった（340円×7時間×25日＝8500円）。勤務時間は朝8時30分から午後4時30分。月に残業を5時間すると9000円くらいの月収になったが、学生だったのであまりしないことにしていた。下宿代4500円、学

46

費1800円、通学定期代380円を賄うと2320円が残り、十分生活ができた（ラーメンが30 〜 35円の時代）。

　高校は土木科（設計、トレースは優の成績）で大学も土木工学科志望だったこともあり、即戦力になった。仕事は1/600縮尺の測鎖測量。設計担当社員とアルバイト学生3名の計4名編成で、車で現場に行き測量中に台所の位置を聞くと必ずタバコ・缶詰・ビール等をくれた。吉原に行って測量した方の話だと大変な土産をもらったと言っていた（当時は早くガスを入れてもらいたいためにもてなされた）。帰ってくると、製図し、設計し、トレースし、青図を焼いて申請図を作る。ここまでが一連作業だった。まさか高校の教科書で習ったことをアルバイト先で実地にするとは夢にも思わなかった。

　しかし、実際に携わると疑問が湧いてきた。1/600縮尺測鎖を使って測量すれば許容誤差0.6mm以上になる。針金を繋いだものだから春夏秋冬で伸縮して不安定であると伝えたが、課長は「工事中に日報と進行図が上がり、出来形図ができ調整されるので大丈夫」と言っていた。私は、国家座標を用いた平板測量で1/500縮尺道路台帳方式が良いことを提案したが、企業の方針であり、役所も問題なく通っているので変え

る気はないとのことだった（確かに平板測量より測鎖測量が速いからです）。

　役所の道路台帳が完成していれば同じ地形図で統一できるが、実際は半分も完成しておらず万図ではない。加えて役所も1/500縮尺と1/600縮尺を使用していた。夢も希望もなかった。全国が1/500縮尺に統一して運用すれば許容誤差0.2mm以下精度の地形図ができたのだが、残念でならなかった。

　昭和29年6月に入ると急にアルバイト達が集められた。新会社を設立し、6月4日から正式に社員として入ってもらい、今まで通りの仕事をしてもらう。将来は経営者も夢ではない。定年退職者数名と一緒に働いてくれるかと打診され、みな同意した。昭和29年6月4日、N社N社長が新会社の社長を兼任し、女子社員1人同行し事務を兼務させ、E氏を常務取締役統括担当者として紹介され、さらにTG社定年退職者4名を紹介した。事務所はN社の2階、社長室の隣にT社が設立された。総勢十数名で資本金50万円（1株500円）、社会保険等全て揃っていた。給料は月額9800円、住宅手当3000円、計1万2800円。いわゆる天下り会社。TG社の定年後の嘱託者の行き場を考えて設立されたものだった。その後1年近くに、G事務員とH氏

が経理係に配属されたのでTG社の女子社員を戻した。また、日大を中退した6年先輩のS氏が責任者として計3名をE常務取締役統括担当者が連れてきた。

　設備と資材一切はTG社より運び揃えられ、設立翌日から普通に仕事が始まった。

　測鎖と野帳を持って現場に行き、帰ってくると次の日、野帳から作図する。設計製図はTG社設計者が行ない、トレースは新会社が行なった。そんな中でも私は1/600縮尺が気になっていて、地形図作成を1/500縮尺にするよう提言し続けていた。

　この頃、川崎の叔母が田町の下宿屋に来た。むりやり川崎に連れていかれ、1年余り叔母の家から通った。ただし川崎市内の空気が悪く（煤煙で空が黒褐色だった）、肺結核者が多かった。国や行政に提言しても埒が明かず、東京に脱出した私は半年間の入院くらいで助かった（肺結核の前の肺尖でした）。

　昭和32年の秋が暮れる頃、TG社への出向の命が来て設計製図（トレース）のできる1名が要望され、私が行くことになった。出向先は本管課ガバナー係。面談したS係長に気に入られ、次の日から出社することになった。勤務初日から、次席のS技師に高中圧ガス導管図を作成してほしいと言われ、1枚の東京都の

地図を渡された。この地図に１階の板図からプロット
してトレース仕上げするようにという指示だった。加
えて毎日の日報整理も依頼された。１ヶ月で下図作成
が済み、１階にいる工長に見てもらうと、足りないと
ころとか間違いを直してくれた。出来形図からプロッ
トする時に、工場、整圧所のガスホルダー、ガバナー
も記入することにして、トレース仕上げをした。半月
近くかかって完成したものをＳ技師に提出するとお誉
めの言葉を頂いた。

　その後、区分地図にも現場用に高中圧ガス導管を記
入して車に入れておくことで役に立つと提案すると採
用してくれた。東京都の区分地図に高中圧ガス導管系
統図をプロットして作成していると10冊もの作成依
頼があった。この頃には部下も増え、宿直室まで使わ
せてもらった。工事現場や、ガバナーの神様と言われ
ていたＨ技師にガバナー分解掃除現場も見せてもらえ
た。

　その技師によると、分解掃除中で一番危険なのは酸
欠と漏洩とのこと。作業に取りかかる前にカンテラで
確認し、上に１人、下に作業員が分かれて連絡を取り
ながら作業しているから大丈夫だと言っていた。私が、
「土地の安い時だから、なるべく地上にガバナーを移

動させたほうが良策です」と言うと、上司に提言して
くれたようだが、その後のことは定かではない。噂で
は、地上に設置するようになったと耳にしている。

　出向先のガバナー係に席を置き１年ほど経つと、Ｔ
Ｇ社業務をほとんど学び把握していた。その頃、次席
のＳ氏が係長に昇格し、東京都のＡ１サイズくらいの
地図を与えられ、赤インクで高中圧ガス導管系統図を
作成してくれと依頼された。１階の1/5000縮尺の板
図から記入せよとのことだったが、板図は線状物体だ
けだったので、１階の工長達に頼み、工場、タンク、
整圧器等を記入して赤インクでトレース仕上げして提
出し、説明を加えたところ、大変誉められた。この高
中圧ガス導管系統図は評判になり、毎年発注され売上
に繋がり、企業発展のきっかけにもなった。

　次にガバナー、バルブ、水取器の系統図を作成し、
Ａ１サイズの和紙にトレースし、青図焼きして現場用
と研修用とした。作業量が増えてきたので数名を出向
させ、定年退職者にも１名来てもらい、出来形図の整
理や下図作成を手伝って頂いた。それから現場用に高
中圧ガス導管系統図を作成するため、１名が宿直室で
Ａ０サイズ６枚分に下図を作成し、和紙にトレースし、
青図を焼き、６枚を貼り合わせて裏貼りして掛軸にし

て運用した。しかし地図がないので現場用だった。その後は国土地理院の1/25000縮尺、1/35000縮尺、1/50000縮尺の地図を貼り合わせて「35×43cm」角の地図に、高圧はグリーン、中圧は朱色でトレースして仕上げ提供した。仕事で試行錯誤して提案すると係長からの信頼も強くなり、家族ぐるみのお付き合いになった。同じ並びの席にいたある無線技師とも親しくなった。

　無線室は別棟にあり、しかも無線技師にはガバナーの仕事もあるので、つきっきりで無線室にいることができなかった。代わりに、ＴＧ社に出入りしていたラジオ屋さんが無線の応答をし、工長や技師に伝えていた。そのことを知った昭和33～34年頃、不便だろうと思いガバナーの部屋に移動する提案をしたところ、翌日には宿直室の窓側下に基地がセットされた。誰でも無線に出られるようになり便利になった（ただし、無線は一方通行で不便なままだった）。

　この時代は就職列車で、地方から出てきた新入社員が増えていたので、どこの企業も社員教育期間を設け指導していた。しかし、終了後に現場に出すと道も地図の見方も分からない人がたくさんいた。無線車や工作車で作業に出ても、現場をグルグル回っているうち

に道に迷い、無線で連絡が入る。私も応答して教えたことがある。無線車や工作車に高中圧ガス導管系統図区分地図が入っているのでその地図を見させ、指示を与え、解決した。そこで無線車を有効に利用できるように提言した。

ターミナルの亀ノ甲が舗装されて不明になったりしているので、電気防蝕対策も大変ですねと、検知機を使って測定した時に担当のK技手に伝えると、協力を依頼され、手伝ったことがある。そしてできたガス導管電蝕防止対策の手引き本を1冊頂戴し、今も手元にある。

私は昭和33年に結婚した。赤線の灯も消え、若者達が困ったと言っていた時代だ。出向部署に配属された副課長が世田谷区北沢に一軒家を購入して1人で住んでいるが、その家の管理と平日の4日間だけ朝食（トースト）作りをしてくれる管理人夫婦を探していて私に白羽の矢が立った。副課長は田舎に家族を置いての単身赴任。週末は田舎に帰っているという。家賃はいらないとのことなので引き受けた。

引っ越してみると家は広かったが古い家屋で、2階が副課長の生活スペースとなっていた。私と妻は1階の居間で暮らし、洋間を寝室として使用した。時々、

夕食を副課長とともにすることもあった。半年くらい経った頃、田舎から家族を呼ぶためリフォームするので、大工さんの昼食と午後3時にお茶菓子とお茶を出してほしいと頼まれた。昭和34年3月にリフォーム完成間近になり、私達夫婦は住めなくなったので、隣家が3畳間（台所付き）を月3000円で貸してくれ助かった。その後、土地と家を購入して7月に引っ越しするまでその隣家で暮らした。家を建てるにあたっては、「人間は浮草（根なし草）では信用ないから家屋敷を持つことだ」という父の教えが影響していた。

引っ越しの時は親友だった学友が手伝いに来てくれた。

昭和33年12月12日に田舎で結婚式を挙げ、世田谷に戻った。昭和34年に入ってから戸籍謄本を取り寄せたら、昭和10年9月13日生まれになっていたので父に尋ねると、「お前は陰暦の8月15日、つまり名月様に牡丹餅を食べた晩に生まれたので、確かに小学校から中学校、高校校も8月15日で提出していたので、大学もそれに従って8月15日になったのだろう」と言っていた。昔はこんな話はたくさん聞いたが、自分もそうだったのかと驚いた。その日付で書いた履歴書を会社にも出してあったので、婚姻届もその日付で出

すことにした。そうしないと社会保険と手当が支給されないからだ。後年、それは修正することができた。

　昭和36年に労働組合が組織され、大騒動の最中だった。私はＴＧ社本管課に出向中で知らなかった。総評と配管労は過激派と知られていた。全国一般くらいなら安心でしたが、すでにゼネストは起きていた。私は大変だと思っていたら、ＴＧ社本管課で組合書記長と友人でしたので、直接話を聞かされ、本社のＡ組合委員長と本社の会議室で三者会談となり、その結果、Ａ常務からの指示で、「速やかに騒動を中止しないと業務にも支障をきたすので会社を潰す」と釘を刺されました。そして、創立当事者のＴ君に伝え、社員をまとめ、過激派の組合を説得し、正常業務に戻すよう指示されました。ただし、戻れば会社を潰さないと申されました。

　急遽、対策を練るため導管課に出向していた部下のＡ君とＹ君で相談して労善会を作り、私が会長、Ａ君が副会長、Ｙ君は書記長、この三役態勢で社員をまとめ、配管労で責任者の経験者のＥ組合委員長と三役達は強力でしたが、「他の企業より待遇が良いのにこんなことを続けていると会社を潰される。家族持ちが困り、社員達が路頭に迷うことになるのだぞ」と話した

ところ実は他に問題があって、それは経営者であるＥ常務が背任横領の噂があり調べたところ、新築されたのが大きな家で、総檜御殿でした。結果的に背任横領が暴かれ、Ｎ社長は辞任、経営者全員が退陣させられた。

　新経営者はＴＧ社からＯ社長と他数名の役員が就任してきたので、旧組合三役と他数名が解雇されたが、全員関係企業に就職させた。私達労善会三役として、ほっとしました。会社を救うことができ、その後も労善会に協力された社員達と、特に今回はＴＧ社のＡ氏、Ｈ氏両氏の協力が大きかったので助かりました。何よりもＡ常務のお力添えの賜物です。

　組合騒動後、私は会社では部長付の役職となり、測量設計に重きを置いて、外に向けての業務を考えていくようになった。

　ある時、測量後に氏名、番地、舗装種別を測量作図に記入し忘れてきたことに気づき、再度見に行く手間を解消するアイデアが生まれた。毎年補正されているＺ社の住宅地図を購入し、利用するのだ。舗装関係は都庁の路成課にいた同級生に頼んで資料を閲覧させてもらい、１ヶ月近くかけて地図に写し替えて完成させた。1/3000縮尺と1/2500縮尺の白地図を求め、東京

23区を色別に写した。コンクリート舗装はグリーン、アスファルト舗装ＡＢをピンク、簡易舗装をイエローで示した。これをＴＧ社設計担当者に提案すると、2部の作成依頼が来た。

　部長付の時、ＴＧ社設計部署から助手がほしいと言われたので、大学の後輩2人を出向させた。私自身も部長付を解任してもらい、係長待遇で自ら設計者として出向した。そうして第1陣で設計係を設けることができ、新設だけでなく、他受、橋梁の設計まで任された。設計部署は技術者を教育し、設計者能力を高め、一手に引き受けられる体制をとり、約十数名を育成していき、我が社から出向している設計者でほとんどの設計を行なうまでに成長させた。

　昭和38年頃に新日鉄の鉄構海洋事業所が大手町に開設され取引が始まり、パイプライン室長だった神永昭夫氏との親交が深まっていった。神永氏はオリンピック選手で柔道六段。私も武道家として活躍していたので、三舟十段の話をするうちに意気投合した。また、日本鋼管工事、京葉ガス、京葉ガスグループプラントとも取引を開始し、仙台ガスの部長と地震対策の図面管理システム化を進めた。1/2500縮尺ガス配管図の見本を渡し、ＴＧ社担当者と私で説明し帰社した

が、その後何の連絡もないまま、宮城地震があり、1/2500縮尺を参考に管理システムを作成したことで大変助かったことを知らされた。その後、多くのガス供給会社に取引を依頼したが、何の反応もなかった。

大学の同級生で機械工学科の優秀な学生だったある技師は、これからのメカ時代を見据えていて、会社でも研究の話ばかりしていて、自宅でも研究室みたいにいろいろな機械道具をたくさん置いて研究していた。ある時、ターミナルの測量と出来形図に使う古いバルブについて、「吉田式、若井式バルブは左締め何回とか言って大変だし、漏洩事故になりかねない。廃止すべきだ」と私が言うと、「スルースバルブも危ないから、プラグ式がよい」と言っていた。その後、彼が会社にプラグバルブとメカニカルジョイントを提案したら実用化されたと教えてくれた。この時、電気防蝕に強い管が必要だと話していたら、新日鉄がダクタイル鋳鉄管を完成させていた。「今後はアイデア合戦に入ったようだね」と笑い合った頃を懐かしく思う。

また、本社の図面室で係長と新潟天然ガスパイプライン設計計画話をしていた時、日本には新潟天然ガスと江東天然ガスくらいしかないことを知った。石油は50年後にはなくなるし、石炭や油ガスは環境に悪い。

天然ガスはカロリーも高くクリーンエネルギーだから、海外から安いうちに輸入することだと話したことがある。私は環境問題に昭和29年から取り組んできた。排ガス問題について国と行政に提言していたからよく分かっていたのだ。化石燃料は毒性があり環境汚染の元。クリーンエネルギーに変換することを願っていた。ブルネイとかアラスカから安く天然ガスを買ってタンカーで輸入ができると担当者に提言し続けた。当時、あちこちでガス爆発事故が多く起こっており、一酸化炭素中毒で亡くなる人もいた。昭和38年には、深川三好町ガス爆発事故で41名の死傷者が出た。昭和40年頃、環境に優しい天然ガスに転換することを担当者に強調したことが、昭和42年に常務会で決定され、メタスト転換計画が始まった。そこから我が社も忙しくなり企業の発展に結びついた。こうした転換によって、ガス管や設備関係は勿論のこと、吉田式、若井式スルースバルブは姿を消し、プラグバルブとかメカニカルジョイントに変わっていった。

　当時の設計者の仕事には必ず道路調整会議があり、現場を見に行った。車は外車だった。役所に着くと、日大の先輩がいたこともあって私も同行させられた。道路調整会議に出席してみると、役所も他企業も図面

の縮尺がまちまちで、会議もうまく進まなかったと言っても過言ではない。私が役人に対して、せめて図面くらい同じ縮尺の地形図を渡してくれると会議もスムーズに行くと提言したが、役所にも地形図ができていないと却下された。確かに1/500縮尺の地形図はどこの役所も作成途中だった。小縮尺の図面さえ統一したものがなく、同じ図面を持ち寄ることが不可能だった。帰りぎわに主だった会議出席者で喫茶店に入って話をしていた中で、「毎年暮れと3月頃に道路を掘ったり埋めたり、次々と工事が行なわれるが、計画的に行えば庶民に迷惑を掛けずに済む。あるいは共同溝にするとか、どうでしょうか」と言ったが、そんな都合のいいことは国も役所も賛成しないだろうということで終わってしまった。

　横須賀の現場を見ていた時、湧水を止めるために薬注していたので、土止めをする対応策を我が社で考えた。設計図を担当者に渡して数ヶ月過ぎた頃、うまくいっていると言っていた。しかし、そういったアイデアもＴＧ社の成果になってしまう。

　また、こんな時代だからこそ、共同溝が必要であり、東京は人口１千万人時代となり一極集中は間違いなく、環境も悪くなるのだから地方へ分散化すべきだと訴え

ていた私は、地上に障害物をなくし、地下にボックスカルバートを構築する共同溝を考えていた。初めて地下に設けることもあり一部を腰ガラスにして見えるようにすれば、宣伝効果もあり国や行政からも助成されると考え、銀座4・5丁目の服部時計店の交差点から見た「銀座共同溝」の見取断面設計図を提案した。その後、その共同設計として大林組と共に携わり、熊野町ライン共同溝の計画設計にも携わった。何度も担当者と現場に足を運んだのを今でも覚えている。

　昭和38、39年頃は設計業務と図面管理に傾注していた。渋谷(S)の住宅地図とZ社の住宅地図も手書きで線状物体も粗雑だった。道路も家屋もトレース用ペンを使用していたので、烏口でトレースして、屋号は写植を使用して作成するよう提言すると良くなってきた。TG社からの発注で、1都3県供給区域のガス配管図を作成することになり、1/1000縮尺地形図をマイラ化して写植仕上げした。1/1000縮尺は任意座標だから精度が悪く許容誤差も0.6mm以上ある。烏口でのトレースも平均して写図ができない。ペーパーからフィルムに変わることを考えないと許容誤差が大きくなるので、協力会社に問題提起していたところ、スクライブ方式というのがあり、いずれ1/500縮尺地形図作成

が決まれば採用することに決めていた。許容誤差が少なくなるので、将来必ず来ると確信していた。

　測量、設計分野も専門性が要求されると考えて、測量土建築士、技術士、土木管理士、土木施工管理士、技術管理等の育成に努め、毎年数名を試験に合格させることができた。私が長年考えてきたことが5年で達成し、測量、設計部が充実してきていた。メカ時代に備えて教育していた時期だ。

　昭和38〜40年代にかけて係長待遇だった私は、設計者としてTG社内で4名ほどの部下とともに設計係をスタートさせた。主に他受関係の設計と橋梁ガバナー部門を引き受けた。特殊ガバナー設計の発注が来た時、部下を指導して完成させた。ルーツメーターに重量があり、配助筋の計算をして受け台を作り納めると、担当者がびっくりしていた。私は長年、そういった部署にいて、高中圧のガバナー分解掃除と、研修用としてガバナーの図面、つまり、設計製図までしてきたのが役に立ったのだ。

　部下の設計者2名が大学の後輩だったが土木建築科でなかったので、橋梁や配筋図の応力計算を学ばせて育成したことで、できるようになっていった。先々を

考えて、昭和45年のＴＧ社支社制に合わせて技術士、施工管理士、土木、建築一級士を入社させ、課長待遇で私の片腕となり、教育責任者として迎え入れた。このことでＴＧ社から声がかかり、最初は神奈川支社の工員教育を依頼される。

　昭和41年、Ｋ社長死去のため、新社長に奥様が就任。昭和45年に社長の息子の不祥事により本社から厳しい沙汰があり、社長が経営放棄の状態となり、家に閉じ籠り出社してこなくなったことで、ＴＧ社のＨ氏とＡ氏に相談すると、既に情報が伝わっていて、Ａ専務取締役から労善会会長の私にもうひと働きするようにと指示されたと伝えられたので、会長の私と副会長のＡ氏の二人で社長宅に行こうとすると、Ｈ経理課長が出てきて同行させてほしいということで、事務手続きをすることがあった場合を考えて、Ｈ氏と私で行くことになり電話連絡すると社長は出なかったが、直接社長宅の門を叩くと、予期していたのか応接室に通された。快く迎え入れ、社長が先に口火を切り、「これ以上迷惑をかけられません。経営を放棄しますので、後のことは、二人にお任せします。よろしく」と言われたので帰社した。その旨を委員長のＡ氏とＨ書記長の両者に伝えると、即答で「専務からの指示です」と

言って、今度は本社から役員を送り込まないから自社の責任でまとめ、経営に当たるようにと伝えられた。さっそく課長クラスと労善会三役で話し合って決めることになった。その結果、社員株主制とし、役員は73歳をもって終了とし、同族会社ではないので株券は公正価格で受諾し取引終了とすることにした（株主総会で締結しています）。私は技術担当責任者とされ、落ち着いたら取締役本部長として活躍できると言われた。しかし、新社長の経営はうまくいかず、半年後、私は取締役部長になる。

　昭和45年になるとＴＧ社が支社制となり、一番大きかった神奈川支社の横浜事業所所長として出向した私は、千葉出張所兼任の部長となった。

　横浜、千葉の業績を上げ、昭和47年に平沼に自社ビルを新築し、引き続き千葉も自社ビルを建てた。その業績のもととなったのが、1/1000縮尺ガス配管図の改善策と新方式を提案し作成したことだ。その後、1/500縮尺地形図を進め、測量設計出来型図作成の改革により大事業を成すことになったからである。

　ＴＧ社が支社制になってから、現場仕事で忙しくなり、本社、横浜、千葉と全部を見ていた私は体が足り

なかったが、いろいろアイデアを出し更に業績を上げた。

　昭和43〜44年、そして45年に、高中圧ガス導管系統図を、国土地理院地形図を貼り合わせて掛軸やマグネット板にしたりして売り込んだ。このマグネット板に国土地理院の1/25000縮尺や1/50000縮尺地形図を35×43cm角に貼り合わせ、高中圧ガス導管系統図を墨と皿色具でトレース仕上げし、アルミの枠を付けて壁に貼り付けた。枠の大きさは2ｍ角くらいの広さに応じた。これは評判が良く、多くの発注を受けた。

　昭和46年から1/500縮尺地形図作成とマッピングシステム化を推進してきたが、なかなか進まなかった。いずれその時が来ると確信していたので、コンピュータ産業に足を運び、学んだ。特に、出向いた新潟鉄工のメカに取り組む姿に感心した。配管図も自動設計に取り組んでメカの先端を走っていた。

　昭和49年には「カルマのデジタイザー」が近々日本にも入ってくると聞かされた。カルマのデジタイザーが入ればシステム化が計れる。1/500縮尺地形図が完成すれば、ガス配管図をマイラ仕上げすることで、デジタル化は夢でなくなる。既にアメリカでは「カルマのデジタイザー」が稼働し、運用されていることを

知り、ＴＧ社のＳ主任に報告した。

　昭和48年には常務会の決定によって1/500縮尺地形図作成が開始された。カルマのデジタイザーについてシステム化するための会議を我が社の課長同行でＴＧ社のＳ主任と何度も話し合った。

　昭和51年に新聞紙上でカルマのデジタイザーが写真入りで発表された。デシタイザーの組み入れた設計図（仮見取図）を持参して提案すると、1/500縮尺地形図の完成が待ち遠しいと言っていた。

　ＴＧ社は、我が社が騒動を起こして以来、業務に支障を来すことのないように同業社を２社設立していた。

　当時、川崎市内を我が社で取り扱うことになり、1/1000縮尺配管図は他社が手掛けて作成していた。マイラ化を進めた時、同業他社が薄焼きしたマイラに配管したものだから、劣化して地形図が薄れて見づらくなってしまっていたのですが、今まで誰からも否定されずにきていた。川崎の事故があった時に支社長がガス配管図を見て、薄れて見づらさに腹を立て、同業者のＳ氏が呼び出され叱られた。後日、神奈川支社の仕事は我が社ですべて引き継ぎ、劣化しない方法を採用した。私は長い間、写真部だった。今、ＴＧ社の社

員と写真部を作って山歩きしている。しかし、こんな劣化したマイラを見たのは初めてだったので、支社長にソマール工業のセピアカラー見本を見せて、我が社はこのマイラベースに都内の分を作成しているので劣化していないことを確認してもらった。写真法ではネガをオリジナルにしてポジを起こし、配管図を作成して運用する。我が社に任せてもらった全域の配管図を完成させマイクロフィッシュにして納品した。マイクロフィッシュは非常用に作成したことを伝えると、支社長に感謝してもらえた。また、1/500縮尺地形図作成のことも詳しく聞かれ、東京から持参した道路台帳の作成仕様書をH係長に渡して説明した。1/500縮尺地形図の座標からＡ１サイズにしたが、Ａ＋ＢにしてＡ０の大きさの索引図を指導して作らせ、Ａ０サイズを使用しやくするため、Ａ１サイズに分けて運用すること。国家座標を利用して作成しているのが建設省と行政であること。この1/500縮尺地形図、道路台帳は許容誤差が0.2mmで精度が高いこと。それらを教えたら、真面目に学び、索引図まで作った。これを図面室会議で提案し、昭和47年に常務会で決定され、予算化まで進み、早速、五百分之一地形図作成小委員会ができてスタートした。昭和48年１月だった。

私は小委員会の会議がある度に呼ばれ、進め方と内容をまとめた資料を配り説明した。五百分之一地形図作成は都内だけだった範囲が１都３県になり、５ヶ年計画が10ヶ年計画になり、10億円の予算になっていた。当初、２社で進められた仕事の全てが私に一任され、索引図、作成仕様書、予算書の積算書まで作成して認められた。最初は神奈川、千葉、当社で都内は地域単位として共用し、他１社が西部のみで開始。埼玉は共有とした。地形図作成には10年かかり、昭和58年には経年変化していたのもあり、その都度補修正した。地形図は生き物であるから補修正が当然。必ず１〜３年に１度は見直す必要が起きる。

　昭和50年に、五百分之一地形図作成と管理部の責任者を常務取締役本部長付として部長待遇で迎え教育し、任せた。彼は出来形図作成と図面管理に精通していたので、マッピングシステム化を学ばせ、担当させた。アメリカのカルマデジタイザーが開発され、市場に出たので、資料を取り寄せ社員教育させたのである。これは結果的に成功することになる。
　昭和51年にはカルマのデジタイザーの資料とデジタイザーを導入したシステム図を作成し、その設計図

も提出した。その後、あちこちで図面管理のシステム化が図られていることを目にするようになった。

　昭和55年に都市エネルギー協会でアメリカに視察に行った。ゴミ集積場でメタンガスを利用して、欠くことのできない民生用ガスとして供給するための試行現場を視察したが、既に完成に近い気がしたが作動はしていなかった。バイオマス発電も進めていたが、こちらも未完成なのか、表に出てきていなかったので質問できなかった。確か、当時研究段階だったと思われる設備小屋を見ている。帰国後、日本ではまだ考えられていなかった夢の島のゴミ問題に注目し、それを都市ゴミのエネルギーにと考えて、ゴミ焼却炉発電やバイオマス発電について国と行政に提案したが、全く聞く耳を持ってもらえなかった。その後、計画を立て見取図まで書いて提言したが却下された。
　東京の人口はますます膨れ上がってきており、いずれマンモス化する。環境に良くないので、一極集中を止め、地方都市に分権化をはかる時代が来ていると考えていた。生活道路の改革と重要道路の改革を進めるべきである。これからは車社会だからだ。以前、列島改革と言って、縦貫道路は３本、50kmおきに横断道

と放射線上にバイパス道を作ると便利になると国に提案したことがある。昭和29年だったと記憶している。東京都の人口は約800万人と書いたと思います（昭和30年の人口は調査によると800万84人でした）。そして、宇宙時代が来て、メガバンク時代になり、世界情勢が変わっていくと提案してきました。

　昭和59年代に入ると、私が発想し提案してきたものが生かされ、メカ時代になって世界中を賑わせている。
　昭和56年に、Z本社でマッピングによるナビゲーションの講演をし、HH氏に資料を提供した（彼は平成15年に社長になったと知らせがあった）。昭和51年にマッピングシステム化を図るために研究して作成した1/1000縮尺地形図と1/500縮尺地形図によるデータベースでした。その後、昭和55年の高島高校第六期会長の時、ＰＴＡ・ＯＢ会を作り、平成27年頃でしたか、国会議事堂、皇居、警視庁のシステム管理見学をしたら、警視庁がＴＧ社の1/500縮尺地形図、Ｚ社の1/1000縮尺地形図によるマッピングとナビのデータベースを運用していた。説明に入ろうとしていた警視庁の担当官に「実は警察官の親友がよろしくと言っていました」と申し上げると、特別に中に入って機械

の傍まで行くことが許され、そこで説明を受けることができた（普段はガラス越しに行なっているようだった）。丁寧に応対してくれたので、私は会員から感謝された。

　この頃までには、私の目的の90％を達成したが、昭和59年に上層部経営陣による不祥事のために私も責任を取る形で辞任退職することになった。それまでもたびたび上層部経営陣の過ちに悩まされてきて、この時の不祥事にも目をつむりたかったが、さすがに悪の枢軸に呆れ果てた。この企業に見切りをつけ、人生最後の目的があったので辞任する決意をした。都市計画と環境問題改善という大事な目的は成し遂げられなかったが、人類の平和と幸せのために研鑽しながら、引き続き提言していく。

　ここに、昭和28〜昭和58年までに私が成し得たことを順に列挙しておく。

・昭和28年。アルバイト時に首都高速設計図をチェックしていたところ片側１車線だったため、最低２車線以上で路肩が必要だと提言（すぐにクビになった）。
・昭和29年会社創立時。Ａ０のサイズのオイルペー

パーを使い外国の地形図に鉛筆書きで見取図風に描かれていたガス管系統図をトレースして納品。

・多摩川に架ける鹿島田ガス橋の河川測量と設計に携わる。

・1/1000縮尺ガス配管図の作成依頼があり、中央地図社の白地図1/2500縮尺を1/1000縮尺に拡大して、任意座標でＡ１サイズに作成し、オイルペーパーにトレースして青図を焼いて、厚紙を裏貼りして板図を作り、高圧（緑）、中圧（朱）、低圧（青）、撤去（黄）で色分けしてトレース仕上げした。経年変化と劣化を考慮しマイラ化を提案。

・昭和32年11月頃。東京都の区分地図と東京都の一枚図（Ａ１サイズくらい）に、昭和29年に提案した系統図を思い出し提案するとすぐに発注を受けた。それを出来形図で再チェックして、工場・整圧所のタンク、ガバナー圧力別に記号化して作成して納入。

・高中圧ガス導管系統図を掛軸にしたり、ガバナー系統図や水取り系統図を台帳にしたり、橋梁台帳を縮尺化して作成。社員研修用のガバナーを圧力別にケント紙に拡大して作成して提案。

・改造出来形図作成について、現場調査して作成するよう提案して採用され発注を受ける。現場調査して

ロールのトレーシングペーパーに作図してトレース
して納品。

・銀座共同溝と熊野町ラインについて提案し、自らも
　設計に携わり、完成を見た。銀座共同溝には一部ガ
　ラス張りを設けて設計。

・美濃部都知事が歩道橋を沢山造り始めた。しかし老
　人や子供や障がい者等には不向きであり、乳母車は
　昇れない。ゴルフ場にあるエスコートとかエスカ
　レーターあるいはエレベーターのような特別な物を
　代案するか、広い交差点をスクランブルにして歩行
　者優先にするように提言。国と行政に提言した資料
　が手元にある（今はスクランブル歩道があり実行し
　ている）。

・昭和37年頃。ＴＧ社図面室に設計責任者として出
　向していた時、新潟天然ガスパイプラインの設計に
　携わり、無公害でカロリーの高い天然ガスが良いと
　提言するも無視される。昭和40年頃に海外から安
　く天然ガスを輸入できることを提案したが音沙汰が
　なかった。結局、昭和42年になってようやくメタ
　スト転換計画が開始される。

・昭和46年。1/500縮尺地形図作成を提案したが却下
　され、昭和47年10月頃に再度資料を提示し説明し

て1/500縮尺地形図作成推進小委員会が発足し、昭和48年1月にスタート。各企業の埋設物の占用位置と深さが決まっているので、1/500縮尺地形図は情報、維持管理も行ない易く、ＴＧ社のマッピングシステム化に役立てることも可能になると確信し提案し続けた。

・昭和56年、日本地図（MRC）との間で住宅地図の使用権契約をし、1/500縮尺地形図と配管図作成を依頼。

　振り返ると、たくさんのアイデアを提供し、世のためになることをしてきたと自負しても許されるかと考えている。

　引退後、家を買って純喫茶店を開き、1年ほど楽しくやっていた。学生時代からコーヒーが好きでミルを買い、豆を煎って挽いて飲んでいた。それを本格的にやり出すと、コーヒーを目当てに常連客が来てくれるようになる。次にパートナーが軽食を始め、カレーとピラフを出すと、客が増え繁盛した。友人や町内、そして企業の役員達まで来るようになった。

そんな頃、Ｚ社から会社を設立してグループ会社として事業をするよう請われ、Ｏ社長と打ち合わせ後に会社を設立し事業を開始して３年ほど経った頃、両親の他界により急遽田舎に帰らざるを得なくなった。事業所の手続きが大変だったが、販売部門のみを続け、その後、２年ほどしてから手を引いた。その間も、東京でやり残してきた都市ゴミのバイオマス発電と焼却炉発電が忘れられず、田舎で何とかしようと心に決めて、福島県庁に電話をしたところ知事と話ができた。都市ゴミの焼却炉発電とバイオマス発電についての専門書等を学び見取設計図を書いていたので後日持参して、全て提供した。平成２〜３年頃だったが、数ヶ月過ぎても何の反応もなかった。

　平成４年に自宅ができ、平成５年に父の記念館が完成し落成式を盛大に行なった。150名ほど招いた。

　自宅を管理事務所にして経営コンサルタントとして事業を開始し、記念館は道場を兼ね、地域の子供達を指導した。妻はお茶の先生として同じく地域の人達を教えていた。

平成5年落成の髙橋慶舟記念館。著者が館長を務める。
記念碑には次の言葉が刻まれている。「偉大なる地球　この惑星
を汚すなかれ　恒久の安全と平和を祈る」

　ある時、日大の教授から誘われてバイオマス研究の
メンバーに加えられ資料を提供し、協力することにな
り、数年経って完成し、実用化されるまでになった。
今思えば、校友会の席上でバイオマスの話が出て、教
授達に誘われ顧問か相談役を頼まれたのが始まりだっ
た。バイオマス発電は成功し、パッケージで稼働でき
るまでになり、車に乗せて移動している。次はロハス
を進めると言っていた。

　私は長年に亘り、国や行政に忠告と提案をしてきた
が、ほとんど無視されてきた。しかし、ＴＧ社や他企

業に提案すると採用してくれた。だから、我が社は発展できたのだ。ただし、私の引退前と後から上層部の経営人が代わる度に不祥事に走り私腹を肥やしている。今度も恐らく会社は伸び悩みの状態と推察できる。今までのＴＧ社は現代のメカ時代を先取りした提案を実現していたので無理からぬことと私は思っている。その後、同じような人材はいない。提案し実行された資料のオリジナルは私が持っている。本書に示したのは主なものだけで、他にもたくさんある。

　今後は環境問題と再生自然エネルギー問題に着手しながらも、自由闊達に、残された人生を楽しく送っていきたいと思っている。好きなゴルフ（新型コロナウイルス感染症拡大を受けて止めている）や、食べ歩きや温泉の旅、豪華客船での日本一周の旅、姉夫婦と京都、大阪、そして南は九州、北は北海道と全国を旅してきた。沖縄は２回行ったが、戦没者の墓に記された沢山の名前を見て、戦争責任者を恨んだ。戦争は勝ち負けに関係なく犠牲者が出る。子供の頃、大人達は何故無駄な争いをして殺し合いするのだろうと不思議だった。大人達の責任問題なのに、時代を超えて子や孫まで敗戦の責任を持たされてはたまらない。北方四

島や拉致問題を解決できないのは、当時の大人達の責任である。今でも戦争がなくならないのはどうしたことだろう。

　ヨーロッパに行った時、食文化が印象に残った。国際色豊かになり、沢山の人が海外で日本食を食べられる時代になった。日本で食べる食事とは少し異なるが、我慢できないほどでもなくなった。タクシーでも、日本人だと分かると気持ちよく乗せてくれた。日本人は信用があるんだなとしみじみ感じた。

　ラスベガスに夫婦で友達を連れて行った時も、日本人は歓迎されるのだと思った。タクシーを利用しても、歩いている時に道を尋ねても、親切に、地図まで書いてくれたり、手招きして教えてくれたりした。その旅行中、ルーレットで100ドルを賭けたら45倍になって、みんなびっくりしていた。ホテルに着いてからも食後に賭けて遊んでいると、また、25倍が当たり、大勢の人が集まってきた。30万円ほど儲けたので、同行者2人に10万円ずつ分けてあげたが、瞬く間に負けていた。2人は部屋に帰したが、私は朝まで楽しんだ（少し勝った）。

　次の日は3人で買い物に出掛けたところ、川で海賊

船ショーをやっていた。橋の上から大勢の人が見ていたので、私達もしばらく見てから土産物店まで歩いていき、買い物をした。帰りもまた同じ場所で海賊船ショーをやっていたので少し見ていると、知人にばったり遭遇。懐かしさを感じながら別れ、有名な噴水を見ながらホテルに帰り、早めの夕食を取った。予約していたマジックショーを見に行くと、隣の日本人に声を掛けられ話していると、東北医大の教授だった。毎年ラスベガスに来ていると言っていた。そんな会話をしているとマジシャンが来て、妻を指差し、貸してほしいと言ったので、「プリーズ」と答えたらステージに連れて行った。壇上で妻はショーの助手として、鉄砲を持たされ引き金を引くように言われていた。しかし、掛け金がかかったまま引き金を引こうとしていたため、会場の笑いを誘っていた。するとマジシャンが掛け金を外してくれて、改めて妻が引き金を引いた途端、大きな音とともにマジシャンが消えていなくなった。客席から拍手喝采が起きた瞬間、後方からバイクに乗ったマジシャンが会場を走り抜け、壇上まで来て、妻にお礼の一輪の花と紐付きの写真ブロマイドを渡していた。妻は良い思い出ができたと満足な顔をしていた。

　終了後、夜店を見ながら歩いていると、友人が寿司

を食べたいと言うので注文したが、酢飯がパサパサで、寿司ネタもダメで、寿司にはほど遠い冷たさ。食べきることができないまま支払いをしたが高くてびっくりした。その後は外食せず、ホテル内で食事をとった。ちなみに、日本に帰ってきて最初に食べたのは寿司。やはり、日本のシャリも魚も旨いねと満足して笑い合った。

　新型コロナウイルス感染症が拡大し、海外はおろか国内の旅にも安心して行けないので、今は健康管理をしながら、コロナウイルスに負けないよう有酸素運動を継続している。そして、時々外に出て庭仕事をしたり、ゴルフのクラブを振って体を鍛えたり、若い頃から続けている俳句や短歌を少し嗜んだりしている。一度だけ、永平寺で行われた全国俳句大会に出場したことがある。投句が佳作に入ったが、それ以来ご無沙汰だったので、また始めて楽しんでいる。

　　　　愛しさや花の命は短くも紅染めし秋の夕暮

〈2020年10月追記〉

　今までは国とか企業にアイデアを提供してきたが、平成20年から自分に投資することにした。アイデアを特許申請し、既に１件取得。これから３件ほど申請する予定で弁理士と打合わせ中である。現役時代は企業のために提案し、採用され、役に立て、会社の発展に寄与でき、そのことを有り難く思い感謝した。しかし私の名はどこにもなく、担当者と企業の成果となっていた。当時はそれで良かった。会社がそれで潤い伸びていったから良かったのだと考えている。

第2章
医学研究

はじめに

　私は令和元年９月に『必携　家庭医学百科』（元就出版社）を出版した。昨今余りにも誤診が多くなったと聞く。長年に亘り調査研究をし、医学書を学んできたので、医師会から聴いた話や体験を交えてまとめた一冊である。「患者さんが自分の家系的持病、血圧、血液、症状を詳しく知ったうえで訴えることができると誤診等少なくなる」とある医師が言っていた。ここでは、我が家の家系と持病を辿りながら、『必携　家庭医学百科』にも収録した爪の病について紹介する。

我が家の家系と持病

　我が家の家系的な主な病気は１、気管支喘息、２、盲腸炎、３、痔病、４、胆嚢炎である。癌系ではなくても誰もが癌細胞（菌）を持っていると医師がテレビで言っていた。体力がなくなると免疫と抵抗力が弱まることで病に負け助からないと、医師会の先生が示していた。

1、気管支喘息

　慢性気管支炎は、風邪の後に急性気管支炎になったり、最初から慢性であったりすることもある。特に老人に多い。今は若い人でも、心臓病、腎臓病、肺うっ血を起こす病気があるとこれに罹ると示している。小児は、ハシカと百日咳の後に罹りやすく、肺結核でも、この病気の形をとることもある。慢性気管支炎は更に気管支拡張症と言って、気管支のほうぼうが広くなり、そこに痰が溜まる病気を起こし、肺気腫と言って肺が拡張したままになり、呼吸時に収縮しにくい病気になる。このような病に罹ると、肺の換気、またはガス交換がうまくいかず、心臓に重荷となり、心臓が弱ることになる。特に老人の動脈硬化は心臓が殊に弱りやすく、そこに重荷が加わると心臓衰弱が起こり、慢性気管支炎となる。老人病として極めて重要な病気としている。気管支喘息と心臓性喘息があり、気管支喘息は、体質的に起こりやすい人に何かの条件が加わるとなる。また、その条件にアレルギー（過敏症）が重なると発症率が上がる（私の家系からするとアレルギー体質でないのに喘息を持っている。医学的に違う）。尚、呼吸困難喘息がある。喘息は、運動の最中も、静かにしていても、寝ている間にも起きる。呼吸困難な症状が

出たら、心臓病か肺臓病か気道病が主だと、医学的に示している。

2、盲腸炎

虫垂炎、また虫様突起炎とも言う。盲腸は大腸の一部で、その先にミミズ形で粘っているのが虫垂で、その部分が炎症すると盲腸炎。盲腸だけの炎症でも盲腸炎と言うこともある。一般的に盲腸炎と言っているのは虫垂の炎症が虫垂を中心として、周囲に炎症が及んだものを垂虫炎と医学書で示している。右下腹部が急に激痛がある時は虫垂炎。また全体の場合もある。女性の場合は婦人病に関係することもある。

私は昭和30年に川崎の駅前病院で手術した。症状は右下腹部の激痛。大学の先輩の医師が診断して手術した。適切な処置で早く退院できた。また、先生が十二指腸虫を見つけてくれて、ひまし油を飲み、下した虫を見せてくれたことが記憶に残っている。この時、医師に能力差があることを知った。

3、痔病

イボ痔は肛門の周りにある静脈が瘤のように膨れたもの。痔核が肛門の少し内側にあるものを内痔核、外

側にあるものを外痔核と言う（内痔核が嵌頓を起こすと体に様々な不都合が起きる）。私は昭和33年に痔瘻を手術して治した。症状は肛門がムズムズ痛痒く、ジュクジュクとして膿が少しずつ出始めたので診察してもらったら、肛門の内外に指の頭位の大きさの腫瘤ができていた。術後数十年になるが異状はない。兄も父も2度再手術しても良くならなかった。医師も東京と田舎と差があるのか、あるいは医師の能力にかかわってくるものか。

4、胆囊炎

人によって症状が異なる。一般的な症状としては、疝痛（発作的に来る痛み）。今まで何でもなかったのに、てんぷら、豚かつ、ステーキ、ゆで卵等を食べた後に必ず発作を起こし、急に腹、胃、背中とどこが痛いのか苦しいのか分からないが、脂汗をかき、畳を毟り続けるという動作をする。とにかく急に襲ってくる。

私は平成4年にON病院で手術を受けた。術後28年になっても異状はなかったが、手術する前の内科部長の見立てと態度が悪かった。1回目、胆囊による痛みを訴えるが、点滴をすると治るので帰された。1週間すると2回目の発作が起き、同じ苦しみを訴えると

再び点滴で済まされた。3回目の発作が起きタクシーを飛ばして病院に着くと、また点滴を打たれた。「もう3回目です。どこが悪いのかよく調べて下さい」と言うと、「大丈夫だから帰って下さい」と言われたので、ついに堪忍袋の緒が切れ喧嘩腰になり、そばにいた看護師さんが加勢してくれ、「先生、患者さんは3度目ですよ。検査方法があるでしょう」と言っても頑として聞かず、この日も点滴を打って帰された。4回目は、東京から車で帰ってきて麓山公園の祭りでサービスしてくれたおでんとゆで玉子3個を食べ、その夜、夕飯に外食で豚かつライスを食べたら夜中に七転八倒の苦しみが来た。病院に連絡してからタクシーを呼んで病院に着くと、当直の先生からちょっと待つように言われた。少し待っていたらまた苦しくなったので、すぐ診てほしいと頼みに行くと、K先生が気持ち良く応対してくれ、症状を伝えるとすぐ、「分かった、胆嚢炎かも」と言ってエコー室で念入りに調べると「もう少しで手遅れになるところでした。即入院です」と言われ手続きをした。九死に一生とはこのこと。術後、K先生が胆嚢の袋を見せて下さった。ドス黒く紫色がかり、黄色い砂がギッシリ詰まっていた。その砂を記念にと小さい瓶に入れてくれた。

術後２日目に内科部長が病室に来た。謝罪に来たのかと思ったら、「私、担当医下ります」と言って帰っていった。約１ヶ月半かかったが、ゆっくり療養させて頂け、退院後、自宅でリハビリを数ヶ月かけて行なったので今も元気で暮らしている。これも有酸素運動を続けてきたお陰だ（次頁参照）。抵抗力と免疫が上昇しているので治りも早く、余病が出なかった。

　誤診と言えば、私は生涯で５回経験がある。平成20年にＭ病院の健診で胃癌が見つかり、Ｎ先生が見逃し、次の年の健診で５cm位に大きくなっていたのを再発見して手術することになり、理事長と知り合いなので相談したら、病院一番の優秀な先生に手術させると言ってＫ先生を紹介された。理事長が個室を用意してくれ入院後まもなく手術を受けた。後日、経過説明を手際良く簡潔にされたので、よく分かった。術後、Ｎ先生が見舞いに来て、謝罪してくれた。年１回胃カメラ検査を行なっているが、11年経ち転移しなかったので、「もう大丈夫だ」と先生が言っていた。これも有酸素運動のお陰だと思っている。

　有酸素運動は、昭和29年に私が空手道に初めて取り入れた。横隔膜を上下させる呼吸法で悪い酸素を出し、良い酸素を吸い入れることでアルブミン値を上昇

させられることを知り、免疫が上昇すれば自然と抵抗力が増すことが分かったのである。それから、「健康は宝、体力は要、継続は力なり」と言って指導してきた。そのお陰もあって風邪にも病にも負けず、この年まで元気に生きている。今、感染症が流行しているが、有酸素運動をすると平常値3.8％のアルブミンが５％に上昇する。そうすれば免疫も上昇し、抵抗力がつき、風邪や感染症に罹りにくくなると、医師会が10年間研究して分かったと平成17年に発表していた（NHK放映）。

〈有酸素運動〉

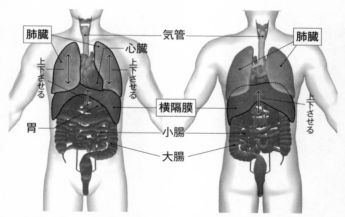

内臓（前方から見た図）　　　内臓（背面から見た図）

①大きく鼻から息を吸って、腹を膨らませる
②吸った息を吐き出し腹がぺちゃんこになるまで凹ませる
　これを朝起床前と夜寝る前に３回ずつ繰り返す（立ったままでもよい）

また、誤診ではこんなこともあった。平成30年だったと思うが、風邪で咳が出るからか喉がいがいがしたのでM総合診療内科に行った。診断の結果、風邪薬と抗生物質を1週間分出された。2回服用すると気分が悪くなり死にそうなくらい苦しみだした。おかしいと思って近所のかかりつけ医師に診てもらうと、「これは急性気管支喘息です」とすぐ分かり、吸入剤をその場で出してくれ、吸入すると嘘のように良くなった。風邪と喘息を間違えて抗生物質を出すことは命とりになると言っていた。吸入を2日間続けたら治癒して楽になり平常の生活に戻った。

　医師によって能力差があることを知り、考えられないと思った。病院も医者もどこが良いか知るべきだと、その時思った。

　前後するが、人生2度目の誤診は眼科で起きた。白内障だから今手術すると良いレンズを入れられる、両目で100万円だと薦められた。心配になり他の病院で診て頂くとまだ手術はしなくても大丈夫だと言われ、先の病院の医師に連絡して手術はやめた。各病院によっても医師の能力によってこうも違う診断をされては患者側としては困る。3年間、白内障で通院したが

何でもなかった。その後、市の健診で白内障の疑いで治療していたら、今度は緑内障の疑いがあり半年通院してから再検査すると、緑内障の診断は間違いだったと言われた。３年も通院して何でもなかったからお仕舞いですとは無責任も甚だしい。それから７年程経ったが、令和元年の健診で緑内障の疑いがあり再々検査すると、またもや緑内障ではなかった。白内障の疑いもあったがこれも大丈夫だった。令和２年５月２日の検査結果でも異状はなかった。

　４度目の誤診は東京の歯科医院だった。虫歯でない歯（良い歯）を虫歯と間違って抜歯されたのだ。東京以外の歯科医院でも１本抜かれた。謝罪されて治療費を無料にしてくれても、歯は元に戻らない。大学の先輩だったので許したが。

爪病との戦いと研究

　私は爪病、すなわち厚巻陥入爪症（巻き爪）に悩み苦しんで、想像を絶する痛みを何度も体験した。私の場合は爪が少し大きく厚く、陥入部分が爪先半分位あった。あまりの痛さに耐えられなくなり医者に診て

もらった時、自分が爪病であることを知った。鹿の角みたいな爪が肉の間に食い込み、触られようものなら飛び上がるほど痛く、死ぬ思いなのである。放っておくと膿んでしまい大変なことになる。だからと言って当時は戦後間もなくで手当て法がなく、ただ陥入部分を切り取るという一時処置しかなかった。食い込んだ爪はたとえ切り取っても、抜いても、何度でも再生するので、精神的に負けそうになったこともあった。私の兄（長男）も同じく爪病で苦闘していた。兄の場合は、技工士だった叔父の使い古しの金切りバサミをもらって爪切りとして使っていた。ニッパーより切れ味も良く使い易いということだった。その兄の話だと、風呂上がりは爪が柔らかくなっているので、陥入している爪の両サイドの角を少しは楽に切れるということだった。ただし、なるべく早めに手当てしないとだめで、爪がいったん陥入してからでは痛くて触ることもできないようになってしまう。常に風呂上がりに観察し、手入れを怠らないことだと念を押された。兄の足の爪は、まるで鹿の角が生え出した時のように丸い形をしており、とても人間の爪には見えなかった。

　兄の話を聞いて、私も爪切りを実行してみたが、痛くて我慢できない。食い込んでいる部分を切り取ると

出血して大変な思いをした。尖端の角の部分だけを切っただけでも少し楽になるので続けてみたが、油断するとすぐ元に戻ってしまい、努力はしてみたが完全には治らなかった。

　何故こんな爪の病気で苦しまなければならないのかと親を恨んだこともあるが、現実的には恨んでみても治るわけではない。そこで医者も医学書もだめなら自分で治すしかないと思い至り、本格的に調査研究を始めた。するとなんと、世界で10 〜 12人に1人の割合で爪病に苦しんでいることが分かった。

　科学や医学が進歩している時代に根本的な治療法がなく、こんなにも沢山の人が苦しんでいることを知り、驚くというより腹立たしさを覚えた。医学的には「先天的奇形」と言う。しかしよく考えてみると、こんなに沢山の人がいるということは、爪病は遺伝性のものではないのかと考えた。勿論、これは素人判断。

　平成に入ってある医師が雑誌に、爪病は先天性であり治すには爪を抜くか矯正以外にないと書いていた。確かにいろいろ調べてみても、医学的にも医師達の説明は「先天性奇形」であり、「遺伝（隔世遺伝）」とは言っていない。しかし私は「先天性奇形」であるとは納得しかね、疑問が増すばかりだった。

そこでまず、自分のルーツを辿ることにした。調べてみると祖父母、親兄弟、自分と子供達に爪病者がいた。こうなるととても「先天性奇形」とは言えるものではなく、「遺伝（隔世遺伝）」に違いないと確信したのだ。

　医学的には根本的な治療法が確立されていないが、これはその原因を「先天性奇形」としているからではないのだろうか。根本が間違っていれば治す方法を見出すことは不可能だと思う。私自身が爪病で長く苦しんできたからよく分かる。

　爪病は、爪を抜いても矯正しても再生してしまう。世の中で沢山の人の苦しみは続いていく。とにかく根本から治す方法を見出さなければと、私の体験から万人に通用する治療法を編み出した。

　爪病について、ある医師は次のようなことを述べている。

「足の親指、第一指に起こりやすく、巻き爪が多く、爪は横方向に巻き、巻き方が強く、爪の側端が指の肉に食い込み、そして指の付け根の爪根、爪母から生え出すところから出てきたばかりの時にクルリと巻いている。指先に移動するにつれて平たくなる。また、原因として体質や生活上の様々な要因からうまくいかな

いと巻き爪になる」

　私には生活上の要因が関係するかどうかよく分からない。ただ長年苦労してきた経験からするととても信じられず、疑問だけが残った。

　爪がどのように変形していくかを順序立てて見ていくと、まず巻き爪と陥入爪は爪母基から生え出し、生え出したばかりで原形はとどめないので（分からないので）、2〜3㎜位生え出すと形状がだんだん分かってくる。半分過ぎた頃に爪病の形状が次第に見えてくる。爪病が再生するという。はっきり形になるのは指先に近づく頃である。厚巻きの人、薄巻きの人、それぞれ陥入爪が分かる頃に平常な爪との見分けがつく。この頃を見定めて手入れ・治療に入るのだ。

　陥入爪になると深い浅いに関係なく、触られるだけでも痛く、踏まれでもしたら飛び上がるほど痛い。とにかく我慢できない痛さである。中高生時代から爪病に悩まされていた私は、陸上競技や野球をやる時に靴を履くと親指が押されてとても痛く、我慢をして競技を続けていくと爪が食い込んできて化膿してしまったことが何度もあった。大人になってからも、付き合いでやるゴルフに行っては親指が赤黒く腫れ上がり、痛さも麻痺してしまう程で、その後数日治療しながら過

ごしていると爪が死に、黒茶褐色となり、爪母から剥がれてくるのが分かった。化膿してしまうのに備えて、いつも消毒液と、昔軍医が動物用に使用したリバノール（今はアクリノール。効果はリバノールの方が良かった）を持ち歩いていたので、1ラウンドが終わって風呂に入って足の指を見ると既に赤く腫れ上がってきていて、すぐ消毒してリバノールを塗ってガーゼで手当てをする。だから悪くなることは避けられたが、すぐの治療をしないと大変な目に遭う。戦後すぐの頃、近所の獣医さんから、腫れて化膿すると爪病や水虫、破傷風になりやすいので、リバノールがいいと教えられていた。

　爪がいったん抜けると気持ちの良い毎日が送れるが、爪は再び生えてくる。そうなるとまた爪病が再生してくる。しかし、その爪の抜けた時の気持ち良さは何とも言えず、その一瞬の幸せのためにゴルフをやっているような気持ちになったこともあった。

　しかし、こういった治療では結局繰り返しにすぎず、なんとかいい方法はないものかと日夜考えた末、爪が抜け落ち、生え出す時から用心して、陥入し始めた頃から爪が肉に食い込まないように金ヤスリで擦ることを始めたのである。爪が指先まで伸びていくまでの勝

負であった。

　金ヤスリとハサミとニッパーを使って毎日少しずつ全体を見ながら手当てすることにした。すると、指先まで爪が伸びてきた時、両サイドの爪の食い込み具合が少なくなり、食い込んだ爪が切りやすくなったのである。こんな簡単な方法が、良い結果をもたらした。実に忍耐のいる大変な方法だが、一時だけの平和な暮らしに満足するわけにはいかないので、必死になって定期的に繰り返してきた。すると、なんと今では100％近く良くなった。手入れも以前と比べるとずっと楽になっている。

　ただし、この方法は、爪根から完治した訳ではないので、気を抜かず、手入れを欠かすことはできない。確かに爪母基が少しずつではあるが良い方に反応していることが分かる。今では少し放っておいても陥入が弱くなり、厚かった爪が薄く正常に近くなった。こうした体験を爪病で悩んでいる方々にお届けできればと思い、筆を執った。

　私は両手足指の爪が陥入爪。両サイドの爪角が刃物状に鋭く肉に食い込んでいくので、我慢できない程の苦痛を覚えていた。それに耐えて爪角を切る。切り取った後、必ず出血し炎症を起こすので消毒して、今

はアクリノールをつけて処置している。その後は再生
しないようにまめに爪をよく手入れしてきた。

　私の体験によって知り得た知識と手入れ法が一番良
いと考えている。厚・薄爪、陥入爪に関係なくこまめ
に行なうことで良くなっていく。後は工具の使い方と、
忍耐・根気にかかってくる。現在は爪切りとして良質
のニッパーや金切りバサミが販売されているので、よ
く選んで購入すると良い。金ヤスリには電動式もあり、
楽に爪を削ることができる。

　私が使用してきた爪を切る道具は、

　①ニッパー、②鋏、③金（紙）ヤスリ（電動式含む）

　④爪切り、⑤ピンセット

　その他、消毒液とアクリノール

　写真は私の爪病、即ち厚爪、薄爪、巻き爪、陥入爪
に使用した道具である。

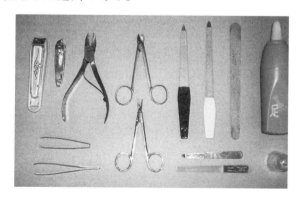

爪の病気は医学では「先天性奇形」とされているが、私の体験と調査研究からすると、遺伝によるものに違いないという結論に至った。私は学生時代から爪との闘いを続け、治療方法を編み出して根気よく続けてきたが、40代にはなんと平常でいられるようになっていた。しかしそれでも放っておくとすぐに爪病は再生してくる。定期的にヤスリをかけ、ハサミを使わなくてはならない。

　社会人になってからも、爪病に苦しんでいる会社の女子社員から、「何度も爪を抜いてもらったが、そのたびに再生するので困っている。爪を抜いた時はとても気持ちいいので、苦しみから逃れたくて定期的に爪を抜いてもらっている。麻酔が切れた時は半端な痛さではないが、爪が陥入して苦しんでいるよりも楽なので抜き続けている」との話を聞いた。そこで、長年の末に編み出したニッパーと金ヤスリを用いる方法を教えたところ、何年後かに、だいぶ良くなったと感謝された。

　私は、素人なりに自分の爪病と長く闘ってきた。その結果、完全とは行かないまでも、かなり良くなってきたことは自信を持って言える。素人なりに試行錯誤

して辿り着いたのが「金ヤスリ」だった。詳しくは「爪の切り方と治療法」(112頁) で紹介するが、厚巻爪の人の場合、金ヤスリを使って正常な厚さまで爪を削り、それから爪の先端両サイドで下の肉に食い込んでいる角の部分を切り取る。そうすると、あまり痛まず手当てをすることができる。

金ヤスリで削る、両サイドの角を三角に切る、内側を削る、といった方法を続けることによって、今ではすっかり良くなってきている。あの苦しみからすっかり解放され、毎日が本当に楽しく暮らせている。

この方法は、文字にするとほんの少しだが、きっと爪病で苦しんでいる人のお役に立てると思っている。

爪の病について

爪病、即ち陥入爪について体験をまとめてみた。

1、爪 (Nail)

爪は指の背面を被う板状の構造物で、一種の保護壁と言われ、悪くすると、皮膚の角質層がより緻密になり「死んだ組織」になると医学的に示されている。も

し本当であるとすれば少し疑問が残る。

　爪はほぼ四角形の板である。下図の前の端を自由縁（margolifer）、左右の端を外側縁（margolateralis）、後ろ端を潜入縁（margooccultus）と言う。外から見える部分を爪体（nailbody）、皮膚から内に隠れる部分を爪根（nailroot）と呼び、爪体の降端にある三日月型の白い部分を半月（lunula）と呼ぶ。更に爪の上に被さる皮膚は爪郭（nailfald）である。下左図の爪をのせている爪床（nailface）の真皮には縦に走る爪床溝（sulci natricis ungvis）があり、溝の間は盛り上がって爪床稜（cratae natricis Unguis）となる。

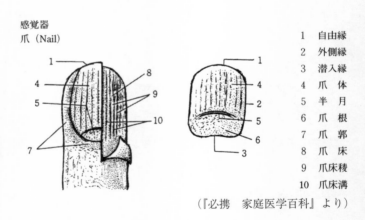

感覚器
爪（Nail）

1　自由縁
2　外側縁
3　潜入縁
4　爪　体
5　半　月
6　爪　根
7　爪　郭
8　爪　床
9　爪床稜
10　爪床溝

（『必携　家庭医学百科』より）

＊爪は硬ケラチンが主成分で、爪は１日に約0.8 〜 1.0㎜伸びる。手の指の爪は足指の爪より速く伸びる。伸

び具合には個人差がある。尚、爪甲が失われると新生には約6ヶ月を要し、爪母で生産され爪母への全身的ないし局所的影響は爪甲に反映し爪甲の色や形の変化をきたし、爪床の変化も、爪の変形・変色を起こす。

爪の疾患には、①先天性奇形、②全身疾患に伴うもの、③皮膚疾患の部分現象、④爪甲だけの変化がある。

感覚器

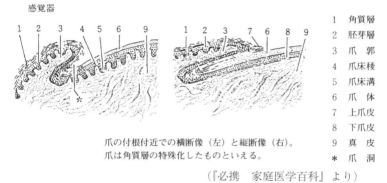

1	角質層
2	胚芽層
3	爪郭
4	爪床稜
5	爪床溝
6	爪体
7	上爪皮
8	下爪皮
9	真皮
*	爪洞

爪の付根付近での横断像（左）と縦断像（右）。
爪は角質層の特殊化したものといえる。

（『必携　家庭医学百科』より）

　横から被さった皮膚（爪部）と爪体の隙間を爪洞（sinus unguis）という。上右図の側爪根は上下から皮膚に挟まれる。右図の上から被さる皮膚を上爪皮（eponychium）、下面の皮膚を下爪皮（hyponyrhium）と言う。上爪皮と下爪皮の後部は爪を造るところで爪母基（Nail matrix）と呼ぶ。

　爪母基の胚芽層で増殖した細胞は、表層へ移動して

角質化し、非常に薄い鱗片状になって、きっちり積み重なって爪を作る。爪は元々死んだ組織であるとされているので、傷ついても修復されることはない。一方、爪は歯と異なって爪母基が健在である限り、剥がれても何度でも再生する。先に私が申したように、歯と異なって何度でも再生されるので、死んだ組織とは決め付けられない。どうして爪は死んでいる組織であると言われているのか、疑問とせざるを得なかった。私自身、爪病で長年悩み苦しんできたからだ。その苦しみから逃れるために様々なことをやってきたところ、良い方法が見つかり現在も続けている。しかし医学的には正しい証明がなされていないので、ここで私なりに事例を挙げながら明らかにしたいと思う。

　爪は爪母に付着している間は皮膚細胞より何らかの養分を摂り生きていると考えられる。当然ながら切り離された状態になった時には死んだ組織となる。他にも沢山類似するものがある。例えばトカゲの尻尾や鹿の角も同類である。何度切られても再生する。これらは切られても痛みは感じず、神経細胞があるのかないのか微妙な弱い反応があり、無傷体と言った方が良いのか定かではない。このような現象を私は「防護床（障）壁細胞」と考えている。これは生物全体に備

わっていることから「防護障壁」と言っても過言ではないと思う。血管、神経組織体を保護する役割をしてくれるからだ。例えば表皮（皮膚）が生きているとしたら、爪が死に体とは言えないと思う。

　皮膚や髪や角は再生する。植物にも一部存在する。木や花（バラ）等は切っても枯れない。結果的に付着している時は生きている。切り離されて初めて死に体となる。したがって表皮あるいは真皮（epidermal or dermix）と皮下組織（hypodermis）に関係してくる。

２、爪の骨成分と爪母

　爪はどうしてできるかと言うと、爪母基で作られ生え出される。これが医学的にそうであれば、爪母で異常があれば爪病である前に先天性奇形または遺伝的体質ということになる。例えば爪が２つに割れたり、縦横に皺ができたり、凸凹状、巻き爪、厚・薄爪、陥入爪という様々な症状の爪病を持って生まれてきたことになる。

　ある説によると、長い間寝たきりになると老化現象が起こり爪病になりやすいとされ、白色化し濁り、水虫とか他の伝染病（カンジタ、カビ、ショザイ菌、白癬菌など）に侵され、手はラドン、足はスケイア、水

分が少なくなり悪くなる。こうした爪病になると、爪を抜いて治療する以外にない。新しい爪が爪母基から生え出す頃によく注意し手当てを始める。

　爪と真皮は深い関係を持ち、真皮は様々な方向に走り、膠原線（繊）維の微密な束からなる強靭な結合組織を持ち、これに対し皮下組織は大量の脂肪細胞を含む疎性結合組織で皮膚とその下の筋肉と骨が自由にずれ、動き方も自由に運動する。

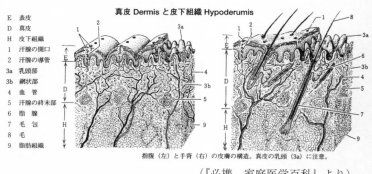

真皮 Dermis と皮下組織 Hypoderumis

E	表皮
D	真皮
H	皮下組織
1	汗腺の開口
2	汗腺の導管
3a	乳頭部
3b	網状部
4	血管
5	汗腺の終末部
6	脂腺
7	毛包
8	毛
9	脂肪組織

指腹（左）と手背（右）の皮膚の構造。真皮の乳頭（3a）に注意。

（『必携　家庭医学百科』より）

　上左図の指腹の皮膚側、毛と脂腺を欠く表皮（E）は規則的な高まり（皮膚小稜、cristacutis）を持ち、指紋を作る。真皮（D）、乳頭（３ａ）を作って表皮に向かって突出し、真皮は太い血管と腺は少ない。皮下組織（H）は脂肪組織（９）が発達する。その間に汗腺（５）が見られ、太い血管が走る。汗腺の導管

（2）は屈曲しながら表面に向かい皮膚小稜の中央に開口する。手背の皮膚側（前頁右図）、毛（8）と脂腺（6）を持ち、汗腺は毛と無関係に皮膚表面に開く。（6）の脂腺は毛包に開き、皮膚表面には開口しない。真皮（D）は脂腺の他に立毛筋が見られ、毛包（7）、真皮を貫き皮下組織に達する。皮下組織の構造は指腹のものと同様である。

3、爪の疾患（厚・薄巻、陥入爪）に何故なるか

　医学的に爪の疾患は、①先天性奇形、②全身疾患に伴うもの、③皮膚疾患の部分現象、④爪甲だけに変化があるものの4つと言われている。私の調査結果によると遺伝性疾患もしくは隔世遺伝爪病である。我が家のルーツを辿ると先祖から親、兄弟に半数近く爪の病気の人がいた。更に我が子にも爪病が出ている。強弱の差はあるが確かである。正に隔世遺伝である。私の場合は厚爪と薄爪、陥入爪である。世の中には爪病で苦しんでいる人がいることが分かり、私の編み出した治療方法を紹介することにした。現在のところ、医学的に爪病の治療方法はないので、私が自分で体験してきた方法以外にはないと確信している。実例は後で具体的に紹介する。

爪の疾患と体質的な指疾患
A：爪甲横溝　B：爪甲剥離症　C：時計皿爪（ばち状指）　D：匙形爪甲

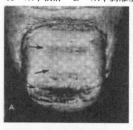

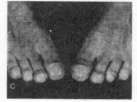
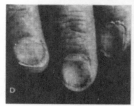

（『必携　家庭医学百科』より）

＊病因をしっかり治すか、あるいは爪を抜いて病因を
治しながら手入するしかない。いずれにしてもここま
でこないうちに医師に相談すべきである。放っておく
と指だけでなく手足を切断することになる。

A．爪甲横溝（Beauis line）

　病因：爪母に障害が加わり爪甲の成長が抑制される
と起きる。したがって横溝の幅は障害期間を、その深
さは障害の強さを表し、横溝は障害が加わってから数
週間後に現れ、爪の発育とともに前方に移動する。

臨床症状：爪甲を横に走る溝、または線は全ての指に見られ全身的影響を及ぼす。尚、１〜数本の爪に限局されると局所的原因と考えられる（次表の通り）。

爪の変化と全身疾患（＊印は重要なもの、○は比較的重要なもの）

爪の変化	爪の症状	全身疾患（　）内は局所的要因
A．色の変化		
※１．黒色の爪 　　melanonychia	びまん性黒（褐）色化	ヘモクロマトーシス、アジソン病、鎧皮症、ウィルソン病、ポルフィリン症、アルカプトン尿症、薬剤（ブレオマイシン、金、砒素）
	縦の線状	アジソン病、Peutz-Jeghers症候群 （母斑細胞母斑、悪性黒色腫、外傷、X線照射、爪床・爪母部の出血）
○２．黄色の爪 　　yellow nail	指爪が発育遅く黄色化	yellow・nail syndrome（爪の変化の他にリンパ浮腫、胸膜滲出）
○３．白色の爪 　　leuconychia	汎発性	肝硬変、若年性糖尿病、貧血、強皮症
	横線 ｛（Mee線条） 　　　（白色横帯）	砒素・タリウム中毒 低アルブミン血症（ネフローゼ症候群）
○４．爪下の紫斑	点状、ときに線状	出血性疾患、オスラー病、亜急性心内膜炎
B．形・質の変化		
○１．横　溝 　　Beau's line	爪甲を横に走る溝または線状陥凹	急性熱性疾患、中毒性疾患、代謝異常症（ビタミン欠乏、糖尿病低カルシウム血症）、アレルギー疾患、重度失血、慢性疾患の急性増悪 （爪根の付近の皮膚疾患、マニキュアなど）
※２．爪甲剥離症 　　onycholysis	爪が爪床より離れる	甲状腺機能亢進症 （末梢循環障害、爪母におよぶ皮膚疾患、爪床の感染症（カンジダあるいは細菌）
※３．時計皿爪 　　clubbing	時計ガラス状に丸く隆起、ばち状指となる	慢性肺疾患（肺気腫、気管支応、気管支拡張症、肺膿傷、肺結核、肺真菌症など）、先天性心疾患、甲状腺機能亢進症（tnyroid acroiathy）、肝硬変、pachydermoperiostosis
※４．匙形爪甲 　　spoon nail	スプーン状に陥凹	鉄欠乏性貧血、胃切除後、慢性胃腸炎、ビタミン欠乏状態 （末爪被爆障害、酸・アルカリの外的刺激）
５．厚硬爪甲 　　pachyonychia	肥厚、硬くなり、彎曲して半円筒状になる	pachyonychia congenita （外傷、職業性の刺激、皮膚疾患）
６．爪甲軟化症 　　hapalonychia	軟化、菲薄化、白色透明化、裂けやすい	甲状腺機能低下、胃腸障害、貧血、癩 （マニキュア）
７．爪甲鈎彎症 　　onychogryphosis	肥厚、伸張して鈎ないし鳥の爪の外観、灰黄褐色	内分泌障害（甲状腺機能低下など） （外傷、神経・血行障害、皮膚疾患）
８．爪甲縦裂症 　　onychorrhexis	縦に割れ目をきたす	神経疾患、貧血、甲状腺機能障害、強皮症 （外的刺激、皮膚疾患）
９．爪甲層状分裂症 　　onychoschisis 　　（onychoschizia）	爪の尖端が細かく鱗状に割れやすい状態	SLE、粘液水腫、シモンズ症候群、ビタミン代謝異常、肝障害、神経疾患 （マニキュア）

（『必携　家庭医学百科』より）

B．爪甲剥離症（onycholysis）

　病因：甲状腺機能亢進症が重要であるが不明なことが多くテトラサイクリン誘導体（demthylortetracycline）の全身投与により光線過敏症と共に爪甲剥離症（phitonycholysis）をきたす場合がある。

臨床症状：爪甲が爪床より離れる状態で、爪甲の突端より始まり徐々に進行する。爪甲の脱落はなく剥離した爪の部分は黄色白色となる。

C．時計皿爪（clubbing）

病因：重要なことは慢性肺疾患である。前頁表参照。突発性ないし遺伝性のものとして見られる。これは四肢の長官骨の骨膜性肥厚、皮膚の肥厚（pachydermo-periostosis）、ばち状指（clubbed finger）つまりヒポクラテス爪（hippocratic nail）を主徴とする。

臨床病状：爪甲が時計ガラス状に丸く隆起する。同時に指の末節の軟部組織が肥大し、ばち状指となる。軟部組織の肥大はムチンの沈着が原因である。

D．匙形爪甲（spoon nail、koilonychia）

病因：爪甲がスプーン状に陥凹するもの。手指爪に多い。匙状爪のこと。

臨床病状：原因は鉄欠乏性貧血が主である。そのほかは前頁表参照。

E．陥入爪（ingrown nail）

病因：狭小な靴を履くと爪甲が側面から圧迫され第一趾爪に生じることが多い。爪郭炎、爪周囲炎、爪刺

（onychocryptosic）のことを指す。

臨床症状：爪甲が側爪郭に食い込み圧痛を伴う。爪甲遊離縁が側爪郭を損傷するために二次感染や肉芽形成を伴うこともある。

F．爪囲炎（paronychia）

症状：爪郭の発赤・腫脹と軽度の圧痛があり、時に少量の膿汁分泌を見る。殊に爪半月の周辺部の爪郭に変化が強い。

臨床症状：わずかな外傷から細菌あるいはカンジダの侵入によって発症する。急性型は細菌、慢性型はカンジダによるものが多く、カンジダ性爪囲爪炎のことを指す。

陥入爪

カンジダ性爪囲爪炎

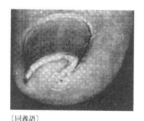

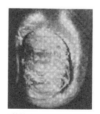

〔同義語〕
爪郭炎、爪囲炎

（『必携　家庭医学百科』より）

爪囲軟部組織の発赤と腫脹爪甲の混濁、変形および肥厚をみる。

＊陥入爪、カンジダ性爪囲爪炎の場合はすぐに爪を抜き医学的治療を行い爪母より爪が生え出した後5㎜位

伸びた頃、金ヤスリを使って手入れする。正常に生え
出すように努力する。

爪の切り方と治療法

1、足指　巻き爪、陥入爪の種類と切り方と治療法

ステーブル型

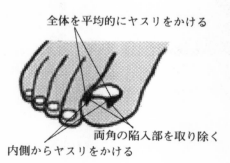

半月型

トランペット型（彎曲爪）

全体を平均的にヤスリをかける

両角の陥入部を取り除く

内側からヤスリをかける
この場合は爪を抜いて治療しながら
手入れするのがよい

半テーブル型

角の部分をヤスリをかける

陥入部分を切り取る

内側からヤスリをかける

ピンサー型（彎曲爪）

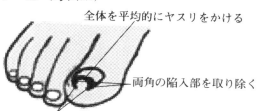

全体を平均的にヤスリをかける

両角の陥入部を取り除く

内側からヤスリをかける
この場合は爪を抜いて治療しながら手入れする
のがよい

（『必携　家庭医学百科』より）

2、手指の爪の切り方と治療法

親　指

全体を平均的にヤスリをかける
少し白い部分を残し陥入部を切り内
側を軽くヤスリをかける

人差し指

全体的にヤスリをかける
左に同じ

（『必携　家庭医学百科』より）

　手の爪は一般的に指先の両側だけが陥入する。私の
場合はそうである。しかしそのままにしていると陥入
爪が悪くなり、爪病になる。気づいた時には爪の両側
が食い込み赤く腫れ痛みに耐えかねる状態だった。兄
も手足の爪病で苦しんでおり、歯科用のハサミで格闘
していた。私もそのハサミを借りて行なってみたが痛
くて大変だった。当時はヤスリを使うことに気づかな
かったので速く食い込んできた。血が出るまで深爪す
るものだから化膿して大変な目に遭ったことからヤス
リを用いる治療方法を見つけ出したのである。

健康な体を養うために

　今一番気がかりなことは、20世紀後半に生まれた若者達の精神状態と同時に、病気に対する免疫性が欠け抵抗力が落ちてきているように思えることである。成人病と精神的な薄弱が多く、すぐキレる若者が増え、世界中を騒がせている。

　現代医学は確かに進歩しているが、そういった技術の進歩やハイテクな世の中に応える人間の能力の進歩は如何なものであろうか。昔は、何においても「匠」がいた。神様がいた。今日ではそういった人達は見られない。薬や機械に頼りすぎたり、医学の世界でも勘に頼ったための誤診が多くなったりした。私自身も5回誤診されたことがあり、自分で本当の病状に辿り着いたことがある。あまりにも情けない話である。

　現代医学では、癌やエイズは解決の道がない。サーズ、ノロウイルスは薬もなく、手当てもできないに等しい。ウイルスや病原菌を絶滅させる方法が見つからねば、必ず時期が来るとまた発生する。風邪や肺炎だと言われ、抵抗力の弱い老人や子供達にとっては大いなる脅威となる。今の日本の医師会の甘い政策では、

人々は死に追いやられてしまう。

　こういったことは専門的に追究したいものだが、そこまでは素人の私では不可能であるので、私の体験を述べたいと思う。

　今までたくさんの医学書が出版されているが、どの本も同じ形態であり一般向けではない。今は昔と違って医学書に目を通す前に病院に行くようになっている。

　本書では難しいことは省いて、主なものだけ載せたほうが良いと考え、自分の体験を通して、また医学書からも必要最低限のところだけを分かりやすくかみ砕いてまとめている。私は、みなさんが本当に利用できるものにしたかった。

　人類の誕生と同時に、この地球上に病というものが発生したのだろうか、それとも人間の体内に既に存在していたのであろうかということだ。ただどちらにしても、人間は常に病と背中合わせで暮らしていることになる。ならばもっと賢くならねばならない。病に負けないために。医学や科学によって、病を克服することは可能な時代のはずである。にもかかわらず専門家は真剣に取り組んでいない気がする。

　遺伝子クローン技術など、人間がやるべきではないことに手を染め、悪影響を及ぼしている。宇宙開発も

そうである。そっとしておけばこのような悪い環境を生まずに済んだものを、これからどんどん悪くなり、名前の分からない、原因も分からない病気が出てくることは間違いない。そういった状況は既に出てきている。

今は自分の専門以外のことは分からないということもあって、決して口を挟まない。誤診を恐れるためだ。

現代に欠けていることがあるとすれば、国が定めている政策の誤りから生じているのである。

医師は万能であらねばならない。人間の体は車と同じで、1つでも部品が欠けたらだめである。安心して車に乗れるのは、その車の技術や部品を信頼しているからである。飛行機も同じ。整備士が信用できる技術を持っていなければ必ず事故が起きる。技術者はその上に特技を備えられる技量がなければ、技師や医師という資格を与えることはできない。

誰しも1つくらいは他の人より得意というものがあるはず。何か欠けている医師や技師であってはならない。医者の誤診や医療ミスということが聞かれるが、困ったことだと思う。私も誤診を受けて死にそうになったことがある。

医師が未熟という危ない時代になった。患者が訴え

を起こさないものだから大きな問題となっていない。これらは国の政策の生ぬるさに起因するものと思われる。

　昔は病院も少なく、巨大な病院などなかった。また医者にかかることも少なかった。近所の町医者で事は足りていたのである。私が初めて東京に出てきた時でも、大きな病院は赤十字か大学病院で、それでもせいぜい４階建てであった。それが今では数十階建て。そんなに必要なのかと不思議でならない。人口の半数が病気であるかのようである。

　病院の数が増え、医師の数も増えたはずなのに、医者が足りないという。また中身も伴っていないという声を聞く。聴診器を丁寧に当てて患者の話をしっかりと聴いてくれたのは昔の医者の方のような気がする。昔の医者や看護師はどの病院でもそうしていた。今ではまるで本分を忘れてしまった抜け殻のように誤診が多くなってきていると思われる。昔の鉄道の技師ともなるとハンマー１つで機関車の悪いところを見分けると言われた。医者もそうであってほしいもので、現代の医師達は問診や体全体の診断をする能力がないのか、たらい回しが起こっている。

　また、病院での待ち時間も長すぎる。患者との診断

に問題がある。雑談のほうが多い。私などは2、3分で済むのだが、長い人になると訳の分からない説明に10分も20分もかかっている。外にはたくさんの患者が待っているのに要領が悪すぎる。そのため、午前中で終わるだろう診察時間がたっぷり午後までかかってしまうのではないだろうか。もう少し簡潔に事が運ぶよう努力すべきである。

　医者も看護師も薬剤師も、みんな完璧ではない。過ちが起きても不思議ではない。だからこそ患者側にも予備知識が必要なのだ。命はたった1つ。自分の身を守るためにも、もしも医者にちょっとでも不信を感じたら、医者にはっきりと言うべきである。

　医者という職業は、他人の命を預かっている非常に重いポジションと言える。だから常に正常な心身でなければ困るのだ。医者と看護師と他の医療関係スタッフの信頼関係が何よりも大事になる。そういう病院ならば患者との信頼関係も成り立ち、病院経営もきっとうまくいくのだ。

　ひとたび病気になってしまった患者は、病院は選べても医者を選ぶことはなかなかできない。

　だが、自分の体のことは、自分で知ろうと思えば何とか知ることができる。書店にはたくさんの病気の本

があり、医学書も読むことができる。ただし医学書の多くは難しく、買ったとしてもなかなか使いこなすことが難しいものがほとんど。

　病気の本というのは、いつでも簡単に見ることができて、自分の症状の適切な判断の手助けにならなければ困る。置いてあるだけでは何の役にも立たないのだから。

　そこで思いついたのが家庭医学書。誰もが予備知識として学べば、いざという時に頼りになるものだ。そうすれば、自身の命は自身で守れると考えた。そのため、著書『必携 家庭医学百科』から一部紹介したこの章にも、できる限り分かり易い方法として図や写真を入れた。加えて、健康な体を養うための運動方法として、有酸素運動を次項に掲載しておく。有酸素運動は昭和29年に私が編み出し、武道に取り入れ自らも実践してきたものである。健康は宝（財産）、体力は要（重要）、継続は力（能力）。この３要素があると周りに迷惑をかけず、平和に健全に暮らせる。

　有酸素運動は場所をとらずジムに行くことなく家で簡単にでき、免疫と抵抗力がつき、新型コロナウイルス感染症対策に役に立つものと考える。また、長時間乗り物に乗っている時のストレス解消にも役立つ。

有酸素運動

　有酸素運動は、頭を枕にのせたまま自然体で仰向き
に寝て、朝と夜に以下のように行なう。初めは10回
位行い、慣れてきたら体力に合せて行なう。終わった
後、体全体が活性化し体調が良くなるのが分かるが、
継続しなければ効果はない。

（1）両拳を握り締め、両踵を八の字に開き足指を曲
げ、グーの形となる。

（2）両拳両足を開きパーの形となる（グー・パーを
10〜30回行う）。

（3）左足を立て、右足を寝かせ、腰を左回しする
（10〜30回行う）。

（4）右足を立て、左足を寝かせ、腰を右回しする
（10〜30回行う）。

（5）右足を左足首に重ねる（10〜30回行う）。

（6）重ねたままお尻の方へ引き寄せる（10〜30回行
う）。

（7）重ねたまま元の位置に戻し、両足を伸ばして肛門を締める（10〜30回行う）。

（8）左足を右足首に重ねる（10〜30回行う）。

（9）重ねたままお尻の方へ引き寄せる（10〜30回行う）。

（10）重ねたまま元の位置に戻し、両足を伸ばして肛門を締める（10〜30回行う）。

（11）首と頭を一緒に左から右に移動する（10〜30回行う）。

（12）首と頭を一緒に右から左に移動する（10〜30回行う）。

（13）天上を見上げ、鼻で深く息を吸い込み、胸腹をふくらます（10〜30回行う）。

（14）顔を持ち上げながら、胸腹が小さくへこむまで、口から息を吐き出す（10〜30回行う）。

（15）右膝を立て、右拳を肩先、左拳をお尻まで伸ばす（10〜30回行う）。

（16）左膝を立て、左拳を肩先、右拳をお尻まで伸ばす（10〜30回行う）。

（17）両手を下からゆっくり胸元にもってゆきながら、息を深く吸い込み胸腹をふくらます（10〜30回行う）。

（18）両手を下にゆっくり押すようにして、胸腹が小さくへこむまで息を口から吐き出す（10〜30回行う）。

（19）両足をつけて伸ばし、手を開き、腕は八の字となる。

（20）腕は八の字のまま、両足を合わせながらお尻の方へ引き寄せる（10〜30回行う）。

（21）腕は八の字のまま、両足を上げながら伸ばす（10〜30回行う）。

（22）腕は八の字のまま、両足を揃えてお尻の方へ引き寄せる（10〜30回行う）。

（23）腕は八の字のまま、両足を元の位置に戻す（10〜30回行う）。

（24）腕は八の字のまま、右足を曲げながらお尻の方へ引き寄せる（10〜30回行う）。

（25）腕は八の字のまま、右足を上げながら伸ばす（10〜30回行う）。

（26）腕は八の字のまま、左足を曲げながらお尻の方へ引き寄せる（10〜30回行う）。

（27）腕は八の字のまま、左足を上げながら伸ばす
（10〜30回行う）。

（『必携　家庭医学百科』より）

＊10 〜 30回、無理せず続けること。継続は力なりである。体力的にたいへんだと思ったら、写真（1）〜（14）まででもよい。なお、順序は自由である。

　私が武道を目指したのは昭和18年。有酸素運動に気づいたのが昭和29年。初めに空手道に用い指導したことで成果が出たので著書『要説空手道教本』にも掲載した。

第3章
環境問題

はじめに

　人口の減少が著しく人口パワーに頼らない社会を築かなければならない我が国では、その果たすべき役割は一層大きなものとなってきている。そのための重要なテーマの1つが再生エネルギーの活用である。一方で、地球温暖化の防止は世界的共通の問題であり、温室効果ガスの排出量を減らすべく、化石エネルギーへの依存から脱却し、低二酸化炭素社会作りを進めていくことが求められている。そのような現代においては、膨大に廃棄されている食品を有効利用して再生資源とするバイオマスの活用が着目されている。バイオマスは循環型社会の形成及び地球温暖化防止対策としての機能を備えることとなり、その結果、排出しているCO_2発生の抑制に大きく貢献するものである。本章では、「バイオマス発電技術支援事業プロジェクト実行委員会」（平成25年当時の顧問は日本大学名誉教授の小野沢元久、実行委員長は工学研究所次長の柿崎隆夫、代表理事はクリーン・エネルギー・ネットワークLLP事務局の増尾一）の相談役でもあった私が提案したゴミ焼却炉についても紹介する。

バイオマス発電とゴミ焼却炉発電

　昭和29年、私は川崎市東渡田の叔母の家に下宿した。上空を見上げた時、煤煙だった。高村光太郎『智恵子抄』どころの話ではない。茶褐色と言うか、スモッグで汚され酷かった。調査すると肺結核者が沢山いた。すぐにペンを執り国と行政に提言したが無視されたので、川崎から東京に引っ越した。今では海外で16歳の少女が声を大にして叫ぶとマスコミが大きく取り上げるが、日本では、昭和29年、私が19歳の時に地球環境問題を提言したが無視された。

　3・11の福島原発事故について言えば、人災によるものが大きいと言っても過言ではない。我が国は地震国である。札幌地震帯、活断層、プレートがいつハジけてもおかしくない。立地条件は殆ど海岸沿いにあり津波による被害は免れない。宮城県海岸からの寒流と福島海岸の暖流が対流している上に火山帯があり、地震によって悪影響が起こる。今日、全国に54基の原発施設が設置されている。全て危険要域にあるのだ。これでは、地震、台風、豪雨等が来ると破壊され被害は増大する。政治的対策なく無責任に原発を推進する

ことは絶対にあってはならない。福島原発事故のように
なると誰も責任を取れず危険は続いてしまう。本当
は、電力は余っている。自然再生エネルギーが沢山出
てきているので十分補助していけるのだ。

　昭和55年、ＴＧ社グループによる都市エネルギー
視察団の一員として私はアメリカへ行った。

アメリカ視察で訪れた実験現場。下段右写真の左端が著者

128

その時、都市ゴミのメタンガスを自然再生エネルギーとして利用できないかと実験していた現場を視察していたところ、東京の夢の島のゴミ戦争と我が故郷の戦後の農作業を思い出した。堆肥積みは農家にとって欠くことのできない仕事だった。その堆肥は次のように作る。箱型の木枠を組み、その中に藁屑や生ゴミ、雑草、水、牛糞等を加えて、長靴を履いて踏み固め、木枠を１段ずつ積み上げていく。暫くすると、５段目位から熱い熱気が出て発酵し、メタンガスが出ると、堆肥になる。

この噴き出したメタンガスを水素分解した時に電気が水素電気やバイオマス発電になることをアメリカ視察で私は知った。

戦後は軍用トラックや乗り合いバス等もガソリンがなかったので木炭を燃やして走らせていた。これがヒントになり、「バイオマス発電とゴミ焼却炉発電法」に気付いた。生ゴミは専用焼却炉を傷めるのでバイオマスに、燃えるゴミは焼却炉で燃やし、各々を発電させるのだ。設計と資料を作成して国と行政に提案したが実現しなかった。お蔵入りしていたその資料について、平成２年に両親が他界したことで田舎に帰らざるを得なくなり相続関係をまとめていた時にふと思い出

し、福島県庁に提案することを思いついた。だめ元で連絡すると知事が快く応対してくれ、資料を持参して説明してほしいという。後日県庁を訪ねると知事は急用で席を外していたが、部長、次長、秘書課主幹兼課長補佐のN氏の3名が応対してくれ、資料を渡して帰宅した。その後何の連絡もなかったが、平成23年3月11日の東日本大震災による原発事故により、放射能が飛散して大騒動中、ゴミ焼却炉発電が稼働していることを、のちに富久山町に住む同級生が清掃所に勤務していたので、資料を持参して知らせてくれた。平成12年に完成していたようだが、発案者である私の名前はなかった。しかし実行していただいたことが分かり、夢が叶った思いがして感無量だった。ゴミ焼却炉発電は地球に優しいエネルギーとして世界に発信すべきものだと考えている。

(1)〈ごみ焼却炉発電システム図〉

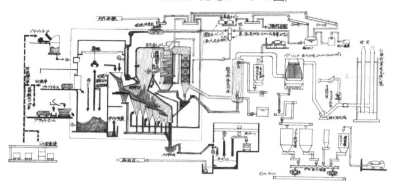

(2)〈原子力発電格納容器〉

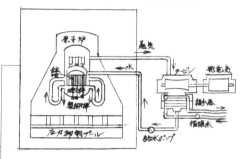

（天然ガス炉に切替え
で発電させる）

溶鉱炉発電を考える

（鉄を製造する時の
熱を応用）

(3)〈溶鉱炉格納容器〉

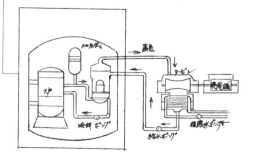

バイオマス再資源化システム

　126頁でも触れた「バイオマス発電技術支援事業プロジェクト実行委員会」で私が提案したのが、産学民官による食品廃棄物再資源化による地域産業活性化事業構想である。

　そのためのバイオマス再資源化システムの主な特徴は、次のようなもの。

1、モーター騒動電力や有機物加熱を太陽光発電と太陽熱温水器で賄う自立型電源を採用。

2、自立エネルギーを用いてバイオマスからメタンを生成。

3、農業残渣が豊富にある農村地などの地域に簡単に移動できる可搬型システム。

4、メタンガスを燃料とするガスエンジン発電機により発電が可能。

5、メタンガス直接分解方式による改質器を利用して水素（燃料電池用）とカーボン（工業用資源）を生産。この結果、生ごみ回収料金を含め設備投資金の早期回収可能性が拡大。

　このバイオマス再生資源化システムを地域に導入す

ることにより、食品廃棄・農業残渣のリサイクルを通じて地域におけるバイオマス循環型社会が形成され、生ごみの分別回収の意識を高める効果もあると考えられる。また、再生利用エネルギーの新しい使用用途の拡大と、プラント制御技術開発の促進も期待できる。各分野におけるバイオマス関連技術開発の促進並びに製造分野でのプラント量産を通じて、将来には十分に採算が取れる事業展開が可能となるのである。

「未来への提言」を見て

　平成20年1月2日、NHK番組「未来への提言」における環境ジャーナリストの枝廣淳子氏とニコラス・スターン博士の対談を視聴した。テーマは大変良かったが、現場体験がない学者や著名人の話は現実性に欠け、机上論に聞こえてしまうので、もう少し掘り下げて具体的に示してもらえると一般の方々に理解させることができたと思う。未だに大多数の人は、地球温暖化や温室効果ガス等を対岸の火事位にしか思っておらず、危機感など全くないと言っても過言ではない。私は昭和30年頃から地球環境に取り組み、国や行政に

提言してきた。当時は誰も相手にしてはくれなかったが、今となっては地球の存亡がかかっていると言っても過言ではない問題となっている。

　今になってやっと地球温暖化が取り沙汰されるようになり、地球環境が著しく侵され大変な事態になっていることに気付いたようだ。その原因は先進国。五十数年に亘って地球環境を侵し続けてきたからである。特に超大国のアメリカが$CO + CO_2$の最大の排出国であるにも拘らず、京都議定書を無視し、更に悪いのは終戦後まもなく朝鮮動乱を皮切りにベトナム戦争、湾岸イラク戦争、そしてテロとの戦いに抜き差しならなくなっていることである。更に経済力第二位になった中国と他が、追いつき追い越せの社会構造をもたらし、地球環境の悪化は増すばかりだ。こうして地球環境を破壊し、汚染し、公害・災害を生み出してきた。そのような国の副大統領にノーベル平和賞を与えたことはナンセンスである。このような考えであるとすれば、戦争という文字が消えることはできないだろう。

　生物の住める惑星はたった１つしかない。このような素晴らしい惑星は他に存在しない。たとえ存在することが分かっても先住者がいるだろう。また、遠すぎたり、気候的にも地球人には無理だろう。無謀なこと

はしないことだ。争いのもとになる。戦争と宇宙開発は生物社会にとって最悪なものである。莫大なお金は地球人社会のためになるように使うべき。未来ある子や孫達のために、少しでも汗をかく部分と夢を残してやるべきだろう。そうした考えを持たないと、歴史が物語っているように、この先何百年経とうが安心、安全、安定した地球人社会の平和は望めない。

　今は国際社会と言うより、地球人社会と言った方が分かり易い気がする。地球資源についても、安心できなくなる時代が来る。酸性雨、気候変動、気流も海流も変化し、漂流物が世界各地の海岸に漂着している。気温上昇は人為的起因であり、CO_2 を増加させると地球温暖化も増大し、気象を狂わせ、気候変動を起こす。以前、都市部気温上昇はビルやアスファルト舗装等による発熱と蓄熱によってヒートアイランド現象が起こるからだと言っていた。しかし、そればかりではなかった。リゾート、ゴルフ場、スキー場等も手伝って、森林を抜採し乱開発し、舗装道路も延長されることによって、$CO + CO_2$ が増大されていったのだ。更に考えられるのは、工産業の過剰生産に加え、モデルチェンジを早めにすることで多量の $CO + CO_2$ が排出されている。結局、物があると捨てる。食生活においても、

世界の共通問題としてゴミ戦争が起き、不法投棄により山・川・草・木、陸・海・空が汚染地獄となり、地球は悲鳴を上げている。2008年に中国がオリンピック開催国になり、以前より乱開発を余儀なくされ、工産業が多忙になり、$CO + CO_2$の排出量が増大した。平成に入ってから気流の変動により、我が町まで2度程黄砂が飛来し、カーポートやテラスの屋根に付着し大変だった。如何に地球が狂ってきているか、素人にも分かる。しかし人間は賢い動物。なんとしてもゴミ戦争をなくし、地球環境を良くできるはずだ。

　今やっと、視聴覚で温暖化を取り上げるようになったので、少し安心している。しかし、国の進め方に問題がある。無公害エネルギーだと言って、エコーだ、水素だ、ソーラーだ、風力だとエスカレートしているが、早計すぎる。例えば、風力発電1基を製造するのに1億円かかる。返済能力、採算ベース、耐用年数、必要経費、不慮の災害等の費用を考慮に入れているのか、また、電力会社が買ってくれるのかを考えなければならない。それに、風力発電を設置すれば景観に悪いばかりか、災害を起こす恐れもある。

　第2次世界大戦中には軍事産業や飛行機等に使う燃料がなくなり、当時子供だった私達まで松根油採取を

させられた。燃料になるものは何でも採取した。杉林があると杉の実を取り、杉鉄砲を作り戦争ごっこをして遊んだ。当時杉林が沢山あったが大人も子供も杉花粉症にならなかった。今でも近くに杉林があるが花粉症にならない。恐らく、科学汚染された物質がアレルギー症やアトピーの体質を持って生まれてきた人に反応して花粉症を発症させるのだと思う。杉の木のせいにするのはおかしい。

　いずれにしても科学汚染物質の排出をなくすことだ。特に悪いのは核実験であり、宇宙開発である。宇宙から細菌や塵を持ち帰ることも、宇宙を汚すことも良くない。また、工産業界の過剰生産を自粛させることが一番良い解決策であると思う。オゾン層の破壊問題で、昭和36年頃に調査研究していた私は、朝日テレビの某番組からオゾン層の破壊について知りたいと連絡を受けたので調査したデータを久米宏氏に提供した。何日かすると、田原総一朗氏が「朝まで生テレビ！」でその内容を放送した。お礼に粗品と礼状を頂いた。当時はまだ世の中に危機感がなく、対岸の火事位にしか思っていなかった。

　オゾン層の破壊はフロンガスによって起こる。フロンガスがオゾンホールを作ることで直射日光や紫外線

が強く差し込むようになって皮膚癌や生物界に仇を成すのである。最大の敵は宇宙開発と戦争である。その他に先進国も途上国もできる限り科学実験をやめることだ。今のままだと必ず急速に天変地異が人為的に起こされるだろう。国と国が戦争をすれば、尊い命や財産だけでなく、自然環境を破壊することになる。第2次世界大戦を体験し、戦争の悲惨さを知っているからこそ、地球環境の大切さを地球人社会に向かって訴えたいのである。今こそ世界中が一丸となって、たった1つの生物が住める素晴らしい地球を守らなければならない。戦後七十余年になる今まで私達は公害を出し続けてきた。それを元に戻すことは至難の技だ。

しかし、未来を担う子供達のために、責任を持って自然環境を数十年前の良き時代に戻す努力をしなければならない。

何故人間はここまで地球を苛め、汚染地獄に至らせたのか、その原因を追及してみたい。人間は生物社会において一番賢い動物だから責任がある。生物社会は、弱肉強食社会故に戦いが絶えなかった。特に人間社会は戦国時代を経て現代に至っても戦争がなくならない。そのために地球環境を著しく悪化させている。

地球環境を悪化させているのは、CO_2排出によるも

のであると知りながら無視し、未だに対策を講じていない。石油資源に頼りすぎ、製品を過剰生産しているからだ。例えば、電気コードが樹脂系から塩化系に替わっている。ソーラー発電も風力発電もみんな石油製品に依存しているため、耐用年数がくればCO_2は元より産業廃棄物となる。採算を無視され、当然ながら電力は買うどころか、電力会社はその分を削減しない。尚、問題は原子力発電と宇宙開発のためのロケットや様々な実験用ロケットを製造する時に排出されるCO_2。ロケットが大気圏を侵し、オゾン層を破壊するためにオゾンボールを作り、害を与えている。

　光化学スモッグ等が騒がれた時があったが、今は杉花粉症等と言われているものも科学実験によるものが大きい。それに大都市に多いのは、山海を問わず乱開発をしてきたことに起因しているのだ。田舎でも、環境の良い森林地帯を造成し、工業団地やダスト工場まで建設している。更にリゾートやゴルフ場まで増えている。極楽施設であれ、公共施設であれ、作れば人も車も出入りが激しくなり、当然舗装面積も増え、蓄熱と汚染も増大し、水質も悪化する。都市部と同様ヒートアイランド現象を起こす。

　こうした悪循環をなくすことができない現実である

が、せめて安心して安全に暮らせるところまで削減したいものだ。それには、世界が協力し合うことが肝心である。しかし企業が自粛してくれるだろうか。真面目に地球環境問題に耳を傾注するだろうか。疑問である。個人の力で動かすことはできない。最後は政財官行が責任を持って実行することである。視聴覚を賑わしているようなやり方では解決しない。特にCO_2売買は間違っている。絶対値が変わらないのでは意味がない。せめて今から70年前位の環境を取り戻す勢いがなければだめだ。また大きなスーパーマーケットや類似する企業と一般消費者に対して節約させても、CO_2の削減には程遠い。電力会社への売上げが少し減るだけ。企業側の生産が減らない限りだめである。元から断たたねば削減しない。

　私が一番心配しているのは、$CO + CO_2 + \alpha$の毒性と汚染物質による公害・災害が動植物の生態系まで変え、極度の気候変動をもたらし、北へ北へと追われるか、更に悪く考えると得体の知れない伝染病が発生し取り返しがつかなくなることだ。もしこのような事態を招いたとしても、国の責任などと言ってはいられない。しっかりした政策と対策を取らなければならない。

第4章

創案資料

都市計画図　銀座共同溝

昭和36年6月作成

　東京都が知事の計画で横断歩道橋を設置したことで異議申し立てをしたが却下された。老人・子供、障がい者等が利用できないので、歩行者先優時間を設け、交差点を自由に通れるようスクランブル式にするか、歩道橋を残す場合はゴルフ場式にエスカレーター（エスコート）にする旨で図面を書いて提案している。以下は当時の美濃部都知事に宛てて、また国、行政、公共事業に提案した内容である。

〈提案のポイント〉

・都電を残し歩道の障がい物を撤去

・地下の埋設物、地上の構造物を整理

・中央にグリーンベルト（安全地帯）を設置

・立体交差とスクランブルの構築

〈銀座共同溝案見取設置図〉

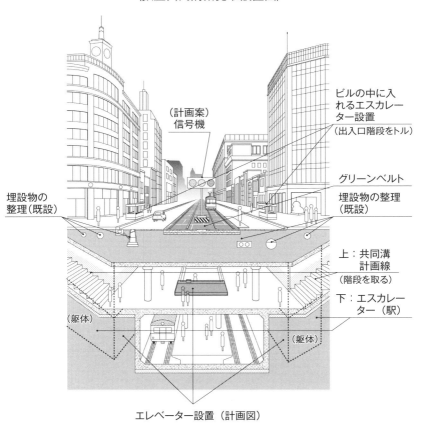

ビルの中に入れるエスカレーター設置
（出入口階段をトル）

グリーンベルト

埋設物の整理
（既設）

（計画案）
信号機

埋設物の
整理（既設）

上：共同溝
　　計画線
（階段を取る）

下：エスカレー
　　ター（駅）

（躯体）

（躯体）

エレベーター設置（計画図）

〈立体交差〉

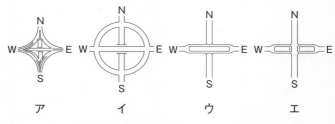

㋐Y型連絡　㋑環状型連絡　㋒㋓十字型連絡

〈スクランブル〉
平面交差点広場

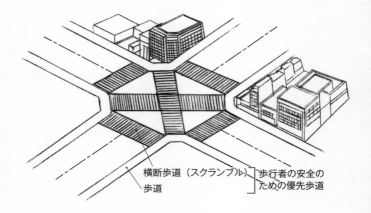

横断歩道（スクランブル）　歩行者の安全の
歩道　　　　　　　　　　ための優先歩道

◎都市計画は道路と軌道力からである。

　日本の国土は戦争によってすっかり破壊され変貌してしまった。大都会（東京）も見る影もない程焦土に化してしまったのである。あれから10年程経ったが未だに復興に手間どっている。しかし、その兆しは見えてきている気がする。私は、焼け野原と化した地域は不幸中の幸いとして今が都市計画をしっかり行なう時期であると確信する。この時期を逃すと都市は手の施しようもなくなる。と同時に偏った都市環境となってしまうだろう。そうならないために、今のうちに、国家は百年の計を打ち出し、道路と住宅（ビル）、公共施設のバランスを考え、区画整理を伴いながら、広い道路等の環状線と合わせて地下鉄を踏まえ計画と実施政策的に政官行が目覚め着手すべきである。何を優先的にやるべきかを指導されることも重責である。東京は昭和40年代に入ると住宅地にますます困ってくる。地方から都市へ都市へと上京の波が高くなり、それに並行して海外からも押し寄せ、日本全国にわたって国際色豊かになり、パニック化する恐れもある。そうなれば、いずれにせよ、足の問題が重要視される。このような観点から、昔のような都市計画は通用しない。車社会も外国並みになることも確かなことである。

とにかく、復興は早くやってくるような気がするので待ったなしであると私はそのように感じている。

　もし都内が満杯になれば高層化や郊外に移ることも考えて、都市計画を行なうことである。そうなれば当然のこと、先行投資による道路も軌道力（鉄道）も不可欠となる。集団、ニュータウンができるということは、土地の確保にも公共事業として手を打たねばならない。23区内では収まりがつかなくなるので、3県に移行することになる。恐らく昭和が終わる頃には東京を中心に30km、40km、50kmと広がり、100km位に広がる。

　東京に空き地がなくなると各県に求められ、第二、第三の地方都市へと移行していく。こうして住宅産業がやがてリゾートを求める時代がやってくる。しかし、利便性を追えば必ず環境と都市と架け橋となる軌道力を設け、住み良い住環境が要求される。また、中央都市と地方都市への交通機関の設営と、専用住宅街や専用オフィスビジネス街やコンビニエンス産業界のマッチングを考えた、その地域に合った都市作りをすることが大切な時期に来ている。

　政官行はしっかりした都市計画をすべき時でもある。政策面だけ先行させるのではなく、100年先を見て対

策を講じながら進めることが良策につながります。都市化が進めば当然のこと、ゴミ問題に悩まされ、アメリカのような埋め立て地を東京湾や千葉方面に作る話がちらほら出てきている。本当は海に向けず、陸地の洪水地下地域に目を向けて開発をして行くべきであると思います。昔、海だった所を埋め立てて海の幸を減らしました。浅草も海だったとのことですが、当時は海苔が沢山とれたようです。これから海を埋め立てたら海水浴、潮干狩り、海苔取り等できなくなるばかりか、あちこちからの垂れ流しによって汚染され、近海にとどまらず、海が死んでしまいます。必ず海を埋め立てると、どこかの地域に歪みが起こり、海に持って行かれる。どこかで別なものが犠牲となる。自然を破壊すれば生物、社会に負の力が加えられる。これからは自然を豊かにすることが大切である。そして都市エネルギーを考えながら住宅事情と交通機関を踏まえた良き都市計画を作り、21世紀に向けて歩むことである。東京の人口は8000万近くに増えている。終戦時は約7000万人ちょっとであったのだが、かなりの速さで増えている。

◎都市計画について新時代に向けて考えをまとめる

（自然環境を踏まえて）。これから来る国際社会はどのように変わるのか、また、いつまでも後進国ではいられまい。そこから問題が起きる。今、政府のやるべきことは、この大都市を蘇らせることです。そのための都市計画が必要なのである。これからは、国際社会に向かって大都市を再建しなければならない。

・国際社会となると車も大型化するので道路規格もまた拡幅したり、立体化や対面交通、軌道力化、地下鉄を含む高架鉄道、または東京港より千葉までの海底トンネルによる交通路、大庭園と後楽園計画と夢の島、横浜港にも同じく計画する。

・これからは各都市に1ヶ所位はリゾートタウンと大きな行楽的オアシスの建設が必要。

・なるべく海と山は自然に残した形で開発を行なうことが条件である。国は小さく、住める国土は狭いため、海や山を破壊して侵出するが、できればやめるべきである。自然環境を守りながら、最小限にとどめるべきである。

・やはり東京に一極集中すれば弊害が起きるので分散化すべきであると思います。必ずそうした時期が来ます。その時になってからでは遅いので、長期計画が大切と考え、今から、地方分権化を考えて推進さ

せることです。

・大都市、地方都市化を図ることは交通機関として、軌道力と高速道路やバイパスといったものに着目する必要がある。人口の密度や各地域の特徴、名産、産業等様々なものがあるので、それによって計画する。

・人口がどの位で、有効面積がどの位で、生活状況はどの程度か詳細に計画し、水も漏らさぬ程気を配り、検討を重ねる位でないといけない。後の祭りにならないようにして実施に移すことである。

・鉄道が敷かれ、道路が整備され、上下水道、都市エネルギーが完備されることで大きな1つの都市が生まれ、だんだんと栄えていく。これからの都市は交通網がしっかりしないと、その都市も栄えない。

◎大都市内交通機関並みに地方都市における地下埋設物との重量物関係についてはどうでしょうか。都市の活動上必要な市内外の交通機関は迅速に行ない、安全と安心と輸送能力が大きいこと。その他、人間社会に及ぼす影響は重大です。高度成長と共に大気汚染や公害・災害が起きてきます。更には都市の美観を損なわず衛生的、文化的機構の活動を全うするものでなくて

はならないのです。

◎大都市交通の特性である厖大な交通量は必ず近い将来やってくる。今でも退出勤時の混乱対策は必要不可欠。そうした状況を救うには、高速度交通機関の敷設が最も適切な方法であると確信する。

◎高速度交通機関は路面の一般交通に対して全て立体交差となし、高速度を得ることによって、大都市の活動を敏活にすることができるものである。

◎高速度交通機関には高架鉄道、地下鉄道等があり、主なる特徴は下記に示す通りである。
　・路面電車や乗合自動車と比較すれば分かるように大量輸送できること
　・速度が速く、機能的である。計画的に物の運搬が可能。人力や荷馬車等と異なって動力が大型化され、人間が能動的に進めること等様々な特典に恵まれた発想であること
　・安全性が高いこと
　・時間が正確であること
　・退出勤時の混乱には増車が可能なこと

以上が得られることで、市民は都心を離れた理想的な住宅地域に住むことができるとともに路面上の交通が緩和されるなど種々効果的である。

◎高速度交通機関の配置については次の通り。

１、他都市との交通機関である鉄道、自動車道路は市内に入ると自然に高架または地下式にすることである。また、高速度交通機関の敷設は都市主要地から近郊主要地点、或いは副都心などに向かって放射状に貫くと共に主要駅と郊外電車との連絡、商工業地域や住居地域その他の中心地帯との連絡または私鉄道、乗合自動車etc.の総合的活用を図る必要がある。尚、放射状に配置するとしても多数が都（市）心部に集中することを避け、交差点の分散や有効な迂回線やバイパスの設置など、混雑防止に関して適切な考慮を払う必要がある。

２、高架鉄道と地下鉄道（高層化と地下化）については、大都市で旅客及び貨物を高速に輸送し且つ退出勤時の交通混雑（乱）を緩和するために最初に敷設されたものは高架鉄道であった。しかし、このために都市の美観を著しく損なわせていることも事実であり、また諸設備や施設の障害となるば

かりでなく、その不便さを及ぼしつつあるため、鉄道の地下化へと向けられると考えている。恐らく、地下鉄道はまだまだ普及されていくと思われる。長所短所はあるが、大都市の交通上なくてはならない交通機関となるでしょう。地下鉄道は建設費が高いのと、施工が困難であることで、実施に際して多くの困難は避けられないが、重要都市の生命線と考えれば、この計画は大変重要視されるものである。しかし、あまり地下を掘り進めると地盤沈下や地震などの懸念があるので、考慮して進めるべきである。

3、地下埋設に関して、地下鉄に合わせて推進することを提案する。埋設企業はどこでも掘って埋めてを繰り返し庶民に迷惑をかけてきている。これを少しでも緩和させるため、共同溝を提案するものである。共同溝の躯体、大きさは道路法に合わせ、ボックスカルバート式を採用するか、他企業との打ち合わせによって決める。現状では無駄な経費を使っているので、共同溝の推進となれば一石二鳥となる。OF、DP、占用位置が決まっているので可能である。

4、都市の防災害対策については、今日では天変地異

ふりがな お名前		明治　大正 昭和　平成　　年生　　歳	
ふりがな ご住所	□□□-□□□□	性別 男・女	
お電話 番　号	（書籍ご注文の際に必要です）	ご職業	
E-mail			
ご購読雑誌（複数可）		ご購読新聞	新聞

最近読んでおもしろかった本や今後、とりあげてほしいテーマをお教えください。

ご自分の研究成果や経験、お考え等を出版してみたいというお気持ちはありますか。

ある　　　ない　　　内容・テーマ（　　　　　　　　　　　　　　　　　）

現在完成した作品をお持ちですか。

ある　　　ない　　　ジャンル・原稿量（　　　　　　　　　　　　　　　）

書　名							
お買上 書　店	都道 府県	市区 郡	書店名				書店
			ご購入日	年	月	日	

本書をどこでお知りになりましたか?

　1.書店店頭　2.知人にすすめられて　3.インターネット(サイト名　　　　　　　)

　4.DMハガキ　5.広告、記事を見て(新聞、雑誌名　　　　　　　　　　　　　　　)

上の質問に関連して、ご購入の決め手となったのは?

　1.タイトル　2.著者　3.内容　4.カバーデザイン　5.帯

　その他ご自由にお書きください。

　(　　　　　　　　　　　　　　　　　　　　　　　　　　　　　　　　　)

本書についてのご意見、ご感想をお聞かせください。

①内容について

②カバー、タイトル、帯について

弊社Webサイトからもご意見、ご感想をお寄せいただけます。

ばかりではなく人災に基づく災害もどんな所にでも起きる。地震、台風による破壊と洪水は今後増大する。都市は全国の人口と富の大半を集積している関係上、それが都市に及ぼす結果は社会的に見て非常に重大である。また、都市は、人家は粗密していることから、火災、洪水などによる災害も常に大規模的に起こり易いため、あらかじめこれに対する計画を立てておき、これら種々の災害に対して極力被害を少なくする方途を講じておかねばならない。

5、防火計画と使用物については、我が国の都市は、木造建築物が非常に多く、且つ密集しており、防火対策の上から見ても極めて危険である。即ち防火計画としては、建築物をすべて不燃焼構造とすることであり、そのために都市の重要な部分を防火地区に指定する他、応急的には木造家屋の防火改修をして準耐火構造とする必要がある。また、建築物の耐火補強とともに消防の設備、即ち消火栓を多く設け、貯水池を補強するなど、上下水道の強化をするとともに一方では消防用水槽を設け、河川、濠渠などに吸水装置をなし、或いは井戸を水源とした特別な消火水道を整備するなどあらゆ

る消火防用水利施設の充実を図らねばならない。
その他、密集地（市街地）は消防活動用の道路を
設け、また、都市全体の防火的構成として特に広
い幅員の街路を恒風の方向に直角に配置して、火
災の拡大防止に備えなければならないと思う。

6、消防車の大きさも年々大きくなってきているので、
将来は区画整理を完了させないと、火災の時に住
居地内に入れなくなる。細い道路が多いため整備
を早める必要がある。また、消火栓の改善をし、
消防車の入れない住宅地では手動でも消火活動が
できるよう直接消火栓にホースを取り付け、消火
ができるようにしたいものである。

7、消火栓も地下埋設物であるので、主要道路に埋設
されているところから共同溝に入れることが機能
性に良い。密集住宅地にもボックスカルバートを
応用して地下埋設物が共同で入ると良い気がする。
各企業の占用位置が決っているので可能である
OF、DPである。

五百分之一地形図
昭和46年6月作成

　これは国の公共事業（行政）として、またＴＧ社に
も提案したもので、後者では実際に完成している。

五百分之一地形図作成について

　最近はどこの企業も地図、地形図の大縮尺図に大変
な関心を寄せてきています。大小の企業を問わず、利
用が増大して貴重に取り扱われるようになってきてい
ます。特に公共事業（地下埋設企業）、建設業等は貴
重な資料として捉え、設計、施工図、計画図、案内図
として取り扱われ、重要視されるに至ってきています。
現在、主に使用されている縮尺は地形図として、
1/300、1/500、1/600、1/1000です。地図として使用
されているのは国土地理院作成の国土基本図の
1/50000、1/25000、1/10000、1/5000、1/3000、
1/2500（未）等です。上記に示された縮尺の地形図、
地図が主に活用されてきています。しかしながら、こ

れらの地形図や地図はフォローがされず、どれ１つ取り上げてみても満足なものではありません（全域が揃っていない）。このようなものを利用し、適当に編集をされ活用されているのが現状かと思います。ＴＧ社は路線測量を測鎖法で行い縮尺は1/600を採用している。測鎖測量であるため、どうしても地形、線条物体が均長にならない図として単調となり、許容範囲内の誤差0.6％におさまらないので精度的に悪い。価値が低い。現在は用途に応じた使い方をしている。最初から精度の良い測量や縮尺を考えて地形図の作成に当たっていたなら、多目的へ転用ができ、価値ある評価ができたものです。拡大、縮小も今後は一番適当な測量方法と地形図の縮尺の大きさはどれかと言うと、機械測量と1/500縮尺の道路台帳図、作成方法を採用すべき時期と思います。或いは道路台帳図を利用し、それを基本ベースとしてＴＧ社のニーズに合うように編集されて多少の補正を加えながら作成に当たっていけば、充分な地形図と管理図ができ、将来への備えが充分可能であります（ＴＧ社の要望される許容範囲のものに近づけられる）。未だにどこでも決定的な地形図（実測図）が揃っているところがないと思います。そのために、大部分の企業や公共事業体が困っていると思い

ます。実際、ＴＧ社での測鎖法による路線測量に私が携わって16年余りになる。ＴＧ社の供給区域を網の目のように測量し図面を作ってきています（以前から継続されてきているがこれからも引き続き行なわれる）。残念なことには、断片的な測量方式であるが故に今後の問題とし残らざるを得ないのが精度、座標値的問題。それから、平面上の測量の方法。集団、公共などでＡ０サイズに仕上げまとめられたもの、それに1/600のスケール測鎖ときている点、どうしても道路台帳図のようには行かず、それだから今までの地形図を運用することは難しい（それらの資料は補修正を加えていない状態ですので、無駄になってしまっている）。仮に出来型図にしても改造図を作るにも創造性が多分にあるでしょう。この様な観点から、基本となるものを位置づけ推進していくべきと考えるものです。例えば地形図を作成するについては、役所はどんな方向で進んで行くのか、将来を見通され計画性をもって進めるべきと思います。今となって考えますと、最初から1/500から境界査定図1/250 ～ 1/300位の縮尺の精度のもので、国家基本測量による平面直角座標（経緯）を使用し、索引図等を作り、計画性をもって推進され、補修正等を踏まえながら実施されていたなら、今日におい

て利用ができたものと思います。これからでも遅くは
ないと思いますので、大縮尺である1/500地形図作成
を進めたいと思います。作成には２つの方法がありま
す。（１）道路台帳の利用、（２）航測図を利用し現調
を加えて作成に当たる。かなりの精度を得ることがで
きるのでたいていの企業は採用することで許容範囲の
ものができるものと思います。こんな方法で作成に当
たっても大変な資金が心要になりますので、公共事業、
或いはこれに関係する企業体が協力し合って行くこと
が得策かと考えるものです。本来ですと、国家的事業
として当然行なわなければならない問題です。どんな
ことを進めるにも、先見性と正しい判断力と決断力に
よって、無駄のないように運営がなされることが望ま
しい。人間が月にまで行くことのできる時代になって
きているのに、私達の生活環境は良くならず、公害都
市化してしまっている。いずれにしても、どこの企業
も関係あり、必要性に迫られると思います。だから、
どこかで誰かが作成にとりかからなければならないと
思います。例えば大阪ガスも1/500縮尺の地形図作成
を始めるという話も風の便りで聞えています。ＴＧ社
は関東のリーダーシップをとって推進されるべきかと
考えるものです。今後は、ＴＧ社は全社的にまとめて

いき、導管網情報システム、図面、維持管理化を図り、計画性と実態に基づき1/500縮尺地形図を完成させ、情報やデータを完全にまとめ、プログラムし、コンピュータ化によって、オン・オフラインシステムを図り運営していくべきと確信する。正しい情報で、人間の記憶は不完全に近いので、誰にでも分かるようにしておくことがこれからの時代である。上記で述べてきた事を具体的にまとめてみましょう。1/500縮尺道路台帳図、1/250縮尺境界査定図は建設業界には必要不可欠な図面です。本来は役所が作成すべきですが、未だに完成せず、縮尺も1/600、1/500地形図で、更に任意座標を使用している役所さえある。1/250の境界査定図も縮尺が1/300と1/250に分かれているが、本当は1/250でよい。国家座標を無視されては0.2の許容誤差を厳守していないことになります。また補修正もしていない。地形図は生き物であることを再認識する必要があります。現調費が高くつくので、利用できる図面は利用せざるを得ないことも考え、製版カメラで撮影し、拡大、現調を掛け、台帳利用と航測図利用も0.6％に抑え成果品にすることができます。何故1/500縮尺地図作成を進めたいかと申しますと、何度も道路調整会議に出席しているうちに、役所も、各企業から

提出される図面の縮尺が異なり、不都合な点ばかりでなく、埒の明かない場面さえありました。こういうことでは、業務上差し支えるので、莫大な費用が掛かることを承知でＴＧ社にご提案申し上げる次第です。必ず完成すれば、設計施工図、維持管理図、財産管理図、その他多目的に応用が可能です。更に付加価値が得られるでしょう。長年都市ガスの仕事に携わってくると、沢山の企業人と出会うことで世の中がよく見えてくるのです。やがて、コンピュータ時代になると考えて、ＴＧ社が遅れを取らぬようにと思うことから、少しでも先（機械化導入前）に調査研究しています。将来性を見通すと、1/500縮尺地形図は財産管理、地下埋設物等、その他に役立つデータベースとなります。機械化されるまでに備えることです。全て生き物を扱うので、全てメカに頼ることはできない。人の手と頭脳と機械の三位一体、即ちオフラインとオンラインシステムが理想である。宜しくお取り計らい下さるようお願いします。

五百分之一地形図作成法と参考

　作成方法（図面のとり方）は、航空写真測量で採用している方法で行なう。

　図面の大きさは、ＴＧ社で使用中の図面サイズA1判に統一して行なう。用途は計画図、設計図、施工図、実績図、維持管理、案内図等広く応用される。

　ＴＧ社中央、西部、北部支社関係は、殆ど道路台帳が出来上がっているので多少手を加えて合成すれば、素晴らしい地形図が作れると思います。しかし、残念ながら神奈川、埼玉、千葉関係は道路台帳が整備されないために、抜本的対策が必要であり、基本的立場で考慮しなければならない。

　これから行なおうとしていることは、航空写真を利用して実測と併合して行なう（ただし測量は現在行なっているガス方式を採用する）。

　それでは実際的に地図を作成するにはどのような心構えが必要か下記に示しましょう。

概　説

　地球の形状は旋転楕円体であるから表面を厳密に平面図上に表すことはできないが、投影法でなるべく真に近く表すことができる。これを一般に地図と言っているのである。

「投影法」

　投影法は地球の表面を正しく平面上に描写しようとする方法で地球を経緯度線で囲まれた球と考えて距離・角度・面積等を地図として正確に書き表すことが目的である。投影法を投影面の形状で大別すれば投射投影、円錐投影、及び円壔（シリンダー）投影の３種類になる。円壔とは、等しい平行な２つの円とその円周を結ぶ局面からなる立体である。

「投射投影」

　地球の表面に接する平面を考え、その接点に垂線を立て、その上に視点を置いて地球表面上の地物の位置を平面上に投影する方法である。

「円錐投影」

　地球に接する錐体を考え、この面上に地球表面上の地物の位置を投影し、後円錐体を切り開いて平面とする方法である。

「円壔投影」

　円錐体の代わりに円壔体が地球に接するものと考え、前と同じ方法で投影する。また、投影中心の位置から分類すれば次の4種類となる。

「中心投影」

　視点を地球の中心に置くものと考えて、平面・円錐・円壔等の面に投影する方法で任意の2点間の最短距離が直線で表されるから最短距離を必要とする。遠洋航海路・航空路等の地図を作成するに適している。

「透視投影」

　視点を地球の表面上に置くものと考えた投影法で図上の角が実際の角と等しい。等角投影で天体図などの作成に用いられる。

「外心投影」

　視点を地図の中心と地球の中心とを結ぶ線上で地球外に置くものと考えた投影法で、地球と視点との距離は任意にとって差し支えないから歪曲の程度を整正することができる利益がある。地理図等の作成に用いられる。

「正射投影」

　視点を無限大の距離に置くものと考えた投影法で図上の中心附近は比較的正確であるが中心を測るに従っ

て距離と面積とは次第に小さくなる欠点がある。透視投影、外心投影、正射投影はいずれも平面を用いるのが普通である。

　投影法では実際の位置と図上の位置との間に距離・面積・方位・形状等の多少の歪曲を免れることはできないが、距離か角度のうちいずれか一方を正しくすることができる。等線投影・等角投影はこれである。等線投影は正主路投影とも言い、距離を正しく投影する方法で、等角投影は正角投影または相似投影とも言い、面積を正しく投影する方法である。

　国土地理院発行の地形図及び地勢図は多面体投影で作成してある。多面体投影は円錐投影の1種で地球の表面を一定間隔の経線と区分し、その1区画ごとに4隅に接する平面を投影面とし、地球の中心に視点を置いて地球上の地物を投影する方法である。経緯度の差が少ない面積をとれば地球全表面に比べて非常に小さく、地球の半径は極めて大きいから、正射投影とほぼ同じようになり、実用上誤差の少ない投影法である。

　1/100万以上の縮尺の地図では経線は直線、緯線は円弧となるが、1/100万以下の縮尺の地図では経緯線共に直線と考えて差し支えない。

　海図等を作成するにはメルカトール（Mercator）

投影法を用いている。これは図上の1点から他の点に至る方位は地上の方位と等しく、2点間を結ぶ直線は等方位線を表すから、一定の舵角を必要とする航海用図、或いは航空用図等の作成に適している。

　国土地理院発行の地図は上方を北としている。この方位は子午線の北で磁針方位ではない。地図にある縮尺で、縮図または伸図するには次のような方法による。

「縦横法」

　原図上にある三角点・図根点等を所要の縮図または伸図に換算、展開する方法。

「三角法」

　主要点を選び、それらの距離を所要の割合に縮めるか伸ばすかし、三角網を形成し、比例によって描写する方法。

「方眼法」

　原図及び図紙上に方眼を作り、縮尺の比例によって描写する方法。

「器械法」

　パンタグラフ等の器械を用いて描写する方法。

「写真法」

　原図を所要の縮尺に投影する方法。地図1葉の大きさは実測地点の緯度で相違し、これらを順次貼り合わ

せると地球儀のような形状になるのである。地図1葉は縮尺の如何に拘らず4個の平板に分けて測図し、完成後につなぎ合わせて作成するのである。地図1葉の大きさを求めるには、その地点の緯度に対する弧長を計算しなければならない。

　弧長の計算式
　　子午線（緯線）
　　平行圏（経線）
　　1″の弧長 = R₁ sin1″
　　1″の弧長 = R₂ sin1″ cos φ
　　R₁：子午線の曲率半径
　　R₂：平行圏の曲率半径
　　φ ：その地点の緯度

子午線及び平行圏の曲率半径は次のように求める。
①地形の実態に最も近い形状は旋転楕円体であるから次式から求める。

　　子午線（緯線）$R_1 = \dfrac{a(1 - e^2)}{\sqrt{(1 - e^2 \sin^2\varphi)^3}}$

　a = 6,377.0m（ベッセルによる地球の長半径）

　　平行圏（経線）$R_2 = \dfrac{a}{\sqrt{1\, e^2 \sin^2\varphi}}$

　e = 楕円率 = 0.0817

②小範囲の地域の測量では地球を球体とみなして差
し支えない。この場合のRを中等曲率半径と言い
次式から求める。

中等曲率半径、 $R = \sqrt{R_1 R_2} = \dfrac{a\sqrt{1-e^2}}{1-e^2\sin^2\varphi}$

R_1、R_2、Rの値はいずれも緯度の関数であるから、
緯度に応じてその値を求められるように表を作っ
ておけば計算に便利である（この表を経緯線表と
言う）。

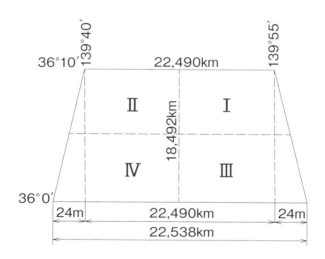

図に示すような1/50000縮尺地形図1面の大きさを
求めると、

1、下辺の巾緯度36°0平行圏1″の弧長は経緯線表
から25,042mであるから経度差15′即ち900″の

弧長は $25,042 \times 900 = 22,538$m

2、上辺の巾緯度$36°10'$の平行圏$1''$の弧長は経緯線
表から$24,990$mであるから経度差$15'$即ち$900''$
の弧長は$24,990 \times 900 = 22,490$m

3、高さ緯度$36°0'$子午線$1''$の弧長は経緯線表から
$30,819$mであるから緯度差$10'$即ち$600''$の弧長
は$30,819 \times 600 = 18,492$m

　次に1/500縮尺の地形図作成について考えてみます。
役所はＢ判サイズ（Ｂ１＝600×800mm）を採用し
ている。ＴＧ社は1/1000縮尺管理図もＡ判サイズを
採用し、Ａ０サイズを半分にしてＡ１判（$500 \times$
800mm）で運営。役所の道路台帳図に合わせてもＴ
Ｇ社に合わせても、当然、図画と索引の変更を行わね
ばならない。しかし現在使用中のＡ１サイズに統一を
図れば多少の手直しで済ませられると思われます。現
在採用しているＡ１サイズのほうが使い易いと考えら
れます。維持管理図として大変扱い易い。

　現在採用中の縮尺と地形図並びに索引及管理図他は、
1、1/50000　1/25000（国土地理院）
2、1/10000　1/5000（東技作成）

３、1/3000　1/2500（役所、中央地図）

　　４、1/1000　1/500（役所、日図、経図）

　　５、1/500（予）他、1/1000他（東技作成中）

　用途として、

　　１、1/50000 ～ 1/25000（系統図並びに計画図用）

　　２、1/10000 ～ 1/5000（板図関係並びに索引図）

　　３、1/5000 ～ 1/1000（板図用、計画設計、施工図
　　　　案内図他、）

＊烏口トレースよりスクライブ方式の精度が良いので、
板図関係はセピア色のマイラ（ソマール工業）を採用
した。緊急時のためマイクロ化している。

　　　　　　　追　　記

「五百分之一地形図」の資料は測量と地形図作成につ
いて専門的かつ分かりやすく説明している。地球の経
緯について説明も加えて、1/500縮尺の精度の高さも
示した。

　尚、この提案書は高校３年の時学び、大学２年生の
時多摩川測実習（河川測量）を学んでいた時にまとめ

ていたと記憶している。それをもっと深く追究して提

案した。

国土開発総合マスタープラン

昭和47年作成（昭和58年再調査実施）

これは国と行政と公共事業に対して提案したもので、唯一採用したＴＧ社が国と行政と公共事業に配布する形をとり、共通の図面で道路調整会議に役立てている。

国土開発の大きなテーマとして第一に考えて行かねばならないことは、福祉都市（政策）国家建設を図ること。それが大事と考え筆を執ったにすぎない。この福祉とは、豊かな都市作り、都市の改革に十分に力を入れて、都市を蘇らせることにある。

都市計画は１本線から始まり、やがて大きな道ができ、それが人間社会にとって、大事な血脈即ち大動脈になって広がっていき、大きな力をなし得る源がこの１本の通路から始まる。新時代への要請として生み出す導火線となり、１日も早く住み良い社会国家建設がなし得るよう努め、前進されることが国民一人ひとりの願いでもあります。

恐らく、これらを計画し実現させることは困難で大事業となりましょう。しかし、これらを怠ることによって取り返しのつかない結果を招くことも明らかであり、今日の社会構造と申しますか、潮流と申しますか、非常に波頭が高く、スピードも速く荒々しく、加速度を増しながら矢弾の如く突っ走り、砕かんばかりの勢いであります。その潮の中で都市は生き、そして急激に変身しようとしています。

◎都市が膨張し、大きく変化する

変化の仕方も種々ありますが、大小を問わず、どんどん都市は膨れ上がり、マンモス化し、高層化時代へと移行することも明白であり、その反面、昼と夜の人口の移動状況も激しく、行政上においても影響力が大きくなってくることも確かであります。今後過密化されていく小都市もますます増えていく傾向です。そのためには能力的な良き計画により、早急にまとめられ、今日の進められている生ぬるい行政上の政策や方針を改めて、新しい角度から能力あるグループ等で構成するか、或いは人材育成のプロジェクトチームによって企画し、推進させて行かなければ大変なことになって

172

くると確信する。

◎既設のビルや住宅建設状況について

　今日のビルや住宅状況をとらえてみても、かなりの建物は違反しています。だから行政指導が生ぬるいために、どんどん法の盲点をくぐり抜け、或いは公に計画が進められ、能力の低さも手伝い、結局は公私を問わず進められどんどん枠を越え、密集化され、団地、マンション、超高層ビルが無造作に建設され、危険な地域都市が増すばかりです。

　このような観点から、どうしても正しい計画による行政指導が適切に行なわれているとは申せません。

　こんなふうに偏った計画で、高層化や密集化がなされて行くことは、必ず弊害が起き、良策とは言えない。また、良い生活環境に結びつくことがありません。

　基本的に考えても人間が生活する上で、どうしても住み心地の良い都市作りに取り組んでいって欲しいものであります。私の脳裏にあることは新副都市（心）の計画であります。

　分散化を図り、機能的に魅力ある都市作りに努め、将来に向かって素晴らしいモデル福祉都市国家建設に

努め、推奨され得るよう切望するものです。何故このようなテーマを取り上げるかと申しますと、世界は今や皆家族であります。だから宇宙時代に突入され、誰彼なく頭を切り換えざるを得ない時期でもあり、世は正に科学時代へと転換され、挑戦に挑戦を重ね宇宙を征服するため世界が１つになり、宇宙開発への協力と新たな生活への転換を図るための重要な時期でもあります。しかし、その裏側で宇宙や地球を破壊するようなものであってはなりません。

　この素晴らしい自然と地球を最大限に活かし、世界平和を願い、平和社会都市国家建設に努力しなければならないからである。

◎宇宙開発とその影響力について

　宇宙開発という大きな事業の裏側には、いろいろなものが秘められていると思います。宇宙ステーションなどと仮名目で建設されてはいるが、中身は戦争が起きた場合を考えて米ソ（今は中国他）は競争しているにちがいありません。それらによって、地球の命がだんだん縮められている。いや、今や世界中が地球自体を人類の手によって破壊していることは事実でありま

す。そして黴菌を撒きちらしている。そのために、日本ではすっかり春夏秋冬の四季の区切りがなくなってきました。

今、内外を問わずに異変の兆候が現れてきていることは事実であり、誰もが認めざるを得ないことです。それらの証しとして地球の温度が不安定となり、真夏に雪や霰が降ったり、かと思うと日照りや雨期が長びいたり、気温の変化が激しく一定しない。冬期は寒くなったかと思うと今度は暖冬となり、にわかに雷鳴が轟き渡り雷雨となり、全くおかしなことになってきました。これが日本列島だけでなく世界中に及んでいることは事実であります。

こうした影響は人畜にとどまらず農作物や自然全体を破壊し、人間社会の生活基盤を揺るがし、様々な公害・災害と汚染が続発していくことは間違いのないものと確信する。この太陽の下の土のにおいがする食物が全くなくなり、ビニールハウスの人工栽培等による生産の仕方となり、本物が姿を消し、インスタントな栄養不良人間となり、寿命が短くなり、体力がなくなってくる（生きた屍と化してくる）。

◎公害・災害、汚染について

　公害・災害、汚染は人間の手によってどんどん広がってきています。しかし人間はどういう理由からかいつも政策上ミスをおかし続けている。何事も失敗してから対策をとり、沢山の犠牲者を出してから驚き、それから打つ手を考えて進む。だから後手に回って取り返しがつかぬまま責任逃れをしている。21世紀までには地球内での戦いや破壊活動をやめ、世界中が手をつなぎ、平和な社会を築いていくよう努力すべきである。もしも現在のままで進んでいけば必ず近い将来、予想もしない難問に直面し、防ぎようもない事態に陥ることは間違いありません。また、何が重大か再認識され、速やかに対処し、後悔しないため、政治的にも行政指導をしっかりされ、正しい判断と決断によって、どこかの国の誰でもよいので指導的立場で実情を訴え、明確な納得されるデータを示し推進されるならば必ず成功は間違いありません。

　しかし、一国の中における悩みすら解決でき得ない状態なのに、世界ということになるのは大きすぎるかもしれない。まして今日の日本の行政は生ぬるくて頼りない。そこで私はこのように国民一人ひとりに呼び

かけ、世界に向かって叫び、共通問題として深く探究し、洞察し、各々が諸手を挙げ全人類が平和で健康で幸せに暮らせるような世の中にするために世界の先駆者となり、世界への広布をなして行く。主義・思想・宗教・人種等は全く無関係であり、ただ1つの共通問題として捉え、実際に行動しなければ無に等しい。まず小さい問題に手をつけるならば、福祉国家建設に始まり、大きくは人類が生き残るためにどうあるべきか、尚かつ、平和で幸せに暮らすにはどうあるべきか、これらは当然、人間社会にとって大きな問題であり、好むと好まざるに拘らず正しく理解し、正しく行なうことが一人ひとりの義務であり使命であります。私はこうあるべきだと強く強く信じて疑いません。

◎私達が身近な問題として考え行動していくこと

　私達人間が生活していくために、一番身近な大事な問題は何か整理してみたいと思います。まず、全てが現時点を捉えての状況から考えていただきたいと思います。人間が生活していく上で欠くことのできないものは、今や都市の政策であります。先にも申した通り、生きた都市の計画は道路に始まり道路に終わるとさえ

言われております。それが現実には空論に終わっている。だから環境が損なわれ、気持ち良く歩く道は１本もないと言ってよいでしょう。こうした１コマに目を向けても満足なものがない。

◎都市計画の実態について

　とりあえず今日の道路の事態とそれらに関係する周りの環境を理解することにある。

　そうすることで、どうしなければならないか結論が出る。どこの道路を取り上げてみても満足なものはありません。道幅の広い、長い、短い、また狭いに拘らず、私達にとっては体の一部であり、生命線であると言っても過言ではない。毎日意識的に、或いは無意識的にか、当然のことながら誰もが玄関先を出れば目の前に広がる周りの環境と道路（通路）に対して不愉快な気持ちと不満を感じざるを得ない筈です（環境に関する面は次に述べる）。道（通）路が立派に機能を果たしていなければ何の役にも、価値にも値しません。何事においても最初が肝心であり、当初に充分に検討し、水をも漏らさぬ程の注意力と万全を期した計画と設計に基づいたものであれば、今日のような姿にはな

らなかったと思います（例えば道路が一杯ですれ違い
のできないように駐車禁止の道路に路上駐車している
等）。何故でありましょう。

「紀元は2600年　ああ1億の胸は鳴る」と歌われて
いたが、確かにあれから35年程過ぎた今、1億を超
しております。ですから知らなかった、また、将来を
見通せなかったでは済まされない。ましてや23年前
は、第2次世界大戦で都市はメチャクチャに破壊され、
焼け野原になってしまった。二度とない都市の計画
（整備）が自由にできた筈である。国家として、また、
行政面でどうだったのでしょうか。責任はどこにある
のか。今でも新設するものが満足な設計ができてない
（発想がない、能力がない）。

　戦後23年になろうとしているが、ここまで来る間、
国は（政治）行政などの甘さが先に立ち、欠陥の上に
欠陥を重ね、その歪みが今日の結果をもたらしている
のだろうが、どんな場合においても当時の政治家や関
係者以外には分からないことであったし、他の者が関
係することは許されなかったことでありますから、や
はり政治責任と言えるのではないかと思います。戦争
に負けたと言っても日本は帝国主義を徹底的に教育さ
れていたから、大半はお上が力を添えていたので充分

やれた時代である。だから政治責任が大だと思います（復興途上に能力的な人材、発想の転換が図れる人がいなかった。今でも見当たらないようです）。

　例えば、公益事業者が工事を行なうことで他に及ぼす影響力は大であるから、その代償として区画の計画があればその時に済ませてしまうようにする（行政指導していく。国の費用＝国民の血税が浮いてくる）。

◎結論を急いでいけば、当時終戦時点はどうだったか

　当時の事を申せば誰もが今更と言って馬鹿にしてしまう。しかし、このことが人間にとって大事な反省と二度と失敗しないための教訓にもなる。今後の糧として聞いてもらうためあえて述べたい。

　戦後間もない頃は焼け野原と化して大都会は見るに忍びない情景であった。また、地域によっては未開地に近い実態であった。残念と思う反面、いつの時代でも必ずと言ってよい程、何か事件が起こってから対策を考え行動するのが世の常と申せましょう。こうして繰り返し続けられてきました。大きく捉えれば国家の損失であり、従って国民の一人ひとりの税金の無駄遣いであります。国民一人ひとりが目を大きく開き、大

局的に都市政策について将来の展望に立ち、素晴らしい住み良いモデル国家の建設に向かって、良い担い手としてより一層力強く立ち上がり、推進者として微力ながら駒を進めたい。

◎地球自体は現実的に安全なのか

　人間社会にとって地球自体の寿命が一番気になるのではないでしょうか。自然界の中で共存共栄を原則として生き、人類が永年に亘って、良し悪しは別問題として地球の土壌に染まらされ、培って、子孫を絶やさず守り抜いてきました。しかし、そうすることによって人類は勝ち誇り、自然界の王者として、戦いの中から土壌や国土等の領域を決め、進化の一途を辿ってきている。個々の問題に置き換えてみると、現実は自然的にその都度踏み固められてきた都市の構造であり、環境だと思います。尚、昨今では米ソを問わず力のある国々が著しく科（化）学的実験を行なってきている。また地球の地上、地下、海底とやたらに機械的に自然を変形させている。こんなことは地球自体に正しいか否かは私には理解できませんが、とにかく人類の手によって日夜を問わず破壊していることは確かである。

当然のことながら地球自体に傷がつき、自重あるいはバランスシートを失わない方がおかしい。

　しかし、確証もないし、証明のしようがありません。そんなことであればいくら立派なことを申し上げても始まらないことで、実際的に地球自体に異変が起きないという保証も約束もないのだが、また起こらないのが不思議な位である（専門家でもないが、それなりの調査や資料を参考にしての素人考えなので、ご指摘を受けるでしょうが）。

　しかし、現に他の星が流星となって地球の引力によって落下している。だから地球だって他の星と同じようにそうならないとも限らない（地球は他の星と異なっているから科学的な点からも安全とされているが）。

◎科（化）学等の実験によって
　どのような影響が起こるか

　現実的に兆候が現れ、被害が生じていることは見逃せない。戦争の道具を作るための科（化）学の実験や、宇宙開発のためだと言ってはそれらを理由にして戦争に使うための科学兵器他等を生産するなど、国民の知

ることのできない部分が沢山ある。

　しかし、科学が発達することによって、世の中は当然便利になり、生活様式が高くなり、向上していくことは言うまでもない。その反面、それらは必ずしも正しい方向に進むとは限らない。逆行することが大である。こうしたことを行なう上で政策的に何らの手立てもないまま進められるケースが多い。だから思わぬことが途中で起きても、対策に回って間に合わず右往左往しながら場当たり主義に近いことで済ませているのが現状である（責任を取ることもでき得ない）。

◎総合的維持管理について

　こうして先を争っている時代だから、政策的また対策的にも充分ではなく、当然維持管理等は無に等しい状況でありましょう。とにかく、データの繁雑さや管理方法もないまま、人為的且つ組織面が優先されがちであって、中身が乏しく、理論的に進められていき、この程度であれば大丈夫だろう、何とかなるだろうということから、極めて危険な進め方をしてきている。結局は目先しか見られず、結果的に物事が起きて取り返しのつかないところまで行ってしまい事後処理もお

ぽつかないケースが多い。現実をよく見ると明らかで
あり、その影響ははっきりと後遺症が浮き彫りされて
きています。例えば公害・災害、汚染の源は何か。こ
れらはみんな人間の手によるものである。人間が地球
全体を侵し続けてきていることは確かである。またこ
うした原因によって異変をもたらすことも確かであり
ます。例えば原子水素爆弾の実験、原子力船や原発の
垂れ流し等。

◎政策的、対策的について

　このように原因がはっきりしている場合はともかく、
はっきりしていない場合が多いのが現状である。殆ど
は政策的に間に合うものであるが、事実関係を充分考
慮され、検討に検討を重ねた上で実施されていれば、
対策面で取られる部分は少なくて済む筈です。政策面
を重視して進めていくならば国民は安心ができるもの
です。今日の都市の在り方が如何にずさんで曖昧でい
い加減であるか、国民一人ひとりが痛切に感じている
ものと私は思います。しかし、どうする術もないまま
今日まで来てしまっている。都市計画により区画整理
や緑地化を進めてきてはいますが、どれ程の役に立っ

ているか。思う程進まない。また内外から（両面）見てみると、誠に残念なことは、無能力ということが正しいのか、無責任ということなのか、理解に苦しむことが多い。計画上からミスをおかしているため、1度完成したところを2度、3度手直ししたり、やり直したりしている。役所の仕事ぶりは全く「ムリ・ムダ・ムラ」の3M主義に逆行している代名詞である（今日行なわれているのだからどうしようもない、無気力さである）。

◎国民の税金を無駄遣いするなかれ

役人達の考え方がどうも掴みどころがない。形式的に動いている部分が多い。人間が働いているのではなく、「動」のほうを強く感じる。良くても悪くても枠に入って上から下へ、右から左と動くだけである。感情がなく、機械的傾向が強い。私は国民の代表として大きな声で申し上げたい。国民の税金を安易な気持ちで乱用せず活きた使い方をしてほしい。何を計画する上でも目的を明確にし、根拠のある将来性あるもので、専門的にまた頭脳的確信によるもので、人間が本当に誰もが住みやすい土壌に改革していくことが、与えら

れた使命だと考えている筈です。

　現実は全く無法地帯化し、都市の発展も人間性まで
駄目にしている。また、自然現象によって地盤が動い
たりしている（不等沈下を起こしている）。従って土
壌は常に変化していることは間違いないし、今後ます
ます山や野やあちこちで天変地異が起きるでしょう
（日本は特に地震国であります）。

◎不等沈下と地盤沈下について

　建築工事や土木工事（建設関係）により、地下鉄工
事、高層建築工事いろいろあり、地球の構造上こうし
たことが支えきれるのか、アンバランスとなり、弊害
が起こらないとも限らない。地球の表面だけでなく、
掘ったり、埋めたり、年がら年中繰り返されている。
また、緑がだんだん少なくなってきていることと、路
面がどんどん舗装されて土のにおいのする部分も少な
くなり、太陽の熱で空気中は暖かくなり、水を吸収す
る能力を失っているため、いろいろと災害に結びつか
せる原因を作っていることは確かであります。

　こんな状況から判断すれば野放しにはできない筈で
あるが、国の方針や政策あるいは国民性から来る欠陥

によるものかとも考えざるを得ません（今は世界全体がそうであるが故に心配なのである）。排水の方法も考えていかないと、雨量が多くなると収容できなくなり、洪水状態を起こしかねない。

◎公害・災害の源となっている
国家的事業と公共事業に携わる企業について

　国はもとより、公共（益）事業に係る企業、或いは関係を持つ企業が、それぞれ共通問題として協力し、労費を投下せず計画性をもって推進していくならば、国民に迷惑や害は少なくて済む筈です。例えば公共事業体が工事を行なう場合、必ず年度計画、或いは長期、短期計画のいずれかによって進められるから、役所とよく打ち合わせができていることは確かです。また、各企業も同じことが言えます。毎月１、２回は調整会議がもたれ、コミュニケーションが図られ進められている。しかし実態を覗いてみると必ずしもスムーズにいっていない。結局のところ、役所の人は加わって絶えず調整会を行なっているが、これでも実際にはなかなか難しい。その時は納得し合うのだが、終わって帰り際になってお茶でも飲んで行こうと何社か連れだっ

て入ると、その会話の中で、うまい話であったが実施の段階となるとうまく進まなくなるということが出てくる。みんな「そうだそうだ」と言って、現場で何かが起きた時に頼むとか、とにかく一企業の独自の計画で物事が優先され、進む結果になってしまう。こうしたことから各企業が代わる代わる工事を進めていくために、一番被害を受けるのは国民庶民であり、迷惑をかけられ被害を受けるだけでなく、周りの環境を破壊してしまう。個々の問題でもあり、大きくは国家的損失となります。如何に初期の計画が立派であっても途中で何らかの圧力によって変化をする例がかなり出てくる。真っ直ぐに行くべきものが、どこかで曲がってしまう。そうなると、一部の利益だけとなり、国民にとっては不利益となり、将来にまで悪影響を残してしまう。

◎企業が協力体系をとって進むべきである

　付加価値を求められる政策によって、国民のためになるよう充分に配慮されたもので推進されること。もしこれに反する方向に進めば、当然ますます世の中は歪んだまま進むことになるでしょう。また、これから

は宇宙に向けて研究もされ、科学技術も発達し、世は正に宇宙戦争時代に突入することになる。こうなれば恐らく地球自体にも変化が起き、誰にもどんな世の中に行くのか想像もつかなくなる。それにも拘らず人類はどんどん増えていき現状では留まることがない。日本の人口も8000万だったのが1億人を超えている。これから10年も過ぎると、1億3000万人程になり、都市の整備も今と異なった方向に行くことは間違いない。日本経済はますます豊かになっていくけれど、しかし、そのために弊害は起きてくる。宇宙戦争と経済戦争も展開されることも間違いない。こうした両面によって、地球自体の寿命が危うくなりはしないかと心配される（人が増えるのは生まれてくることばかりではなく、他国、世界を通してのこと。とにかく人間が増えることも減らすことも自由であり、高齢化社会へとも変わっていくことも間違いない）。

◎諸外国はどうか

　中国の人口は10億人と推定されるが、しかし、こんなものではないとも言われている。それに朝鮮も北と南、その他の国も国同士で戦っている。また米ソも

冷たい戦争をしている。毎日のように戦争をやっている。核実験もますます増えている。戦争を食い物にしている国々がいて踊らされていることは事実である。こうしたことで戦争の道具を作るため、日夜研究され、それらの影響によって心の中まで侵され、蝕まれ、内臓までも腐ってしまってはどうにもならなくなってしまう。このまま見逃していけば、地球上は人類が住めなくなってしまうでしょう。今こそ世界が1つになって戦争のない平和な世界を築き上げ、人類が幸福な生涯を送れるように努めることが義務であり、使命でもあります。これは内外を問わず国家事業の一端として、重大さを知り、使命感を持って、今まで侵し続けてきた諸問題を整理し、解決し、原点に立ち返って今後の人間社会がどうあるべきか、とにかく物事を考えましょう。人間の頭は使い方によって大きく差のつくものである。だから生きたものにするか、死んだものにするかは考え方、やり方次第である。

◎今後は科学的に機械的に移行する

　科学が進歩することによって人間社会は便利になっていく。そしてだんだん生活の水準が高くなり、反対

に都合の悪いことも起きてくる。科学実験による垂れ流し、知らず知らずに汚染されていく。そして公害・災害の割合が増え、及ぼす影響は膨大となり、手を施すこともできなくなる。だから何をしても良いけれど、こんなことが起こらないように政策面に力を入れて対処すべきと思います。

◎人間は感情動物であるから
　　人種的にまた色にこだわると思うけれど
　　こうしたことは別問題として捉える

　人類にとって何が大事かよく考え、白黒の色の先にまず考え、やらねばならぬことが沢山あります。どうか形式にとらわれず前向きに宇宙時代へと入っていく今日ですから、平和への道を見つけだし、国際的な問題として取り上げ、血を出せばみんな赤い血が流れることは間違いないのだから、必ず解決する筈です。この世は平和共存共栄が基本的原則であり、従って正しい心で万全を期していくならば必ず平和な社会を築くことは可能であり、どのような場面に直面しようが人間には智恵があり、力もあるから、義務と責任に応じて前進していけば必ず幸福な生涯が送れることは間違

いありません。しかし、人間は煩悩の浅ましさから千差万別であり、利口ぶって訳の分からぬことをする人が多い。とにかく人それぞれ顔形が異なっているようにいろいろな問題が起こり、戦い、六道輪廻と称し餓鬼道に走りがちである。こういうふうになると前に進まなくなってしまう。こういった点が人間社会を駄目にしていく重要なキーポイントであります。どうか今後における人類の繁栄とますます幸せな生涯を送って行けるよう、国々の自然を破壊しても良くないし、都市生活にふさわしい開発であってもアンバランスにならない程度に止めることである。現在はオーバーワークである。

◎国際的問題として取り上げて行くべきである

今や地球上は飽きもせず暇さえあれば人手によって侵され、破壊されています。やはり国際問題として取り上げ、国際会議を設け、条約を決め、地球の安全を図り、遵守して行くことが大切である。我が日本の国土は、資源はないが島国であり、八方が海であります。この小さな島国でも約9000万の人口がおります。今後まだまだ増えていきます。だから私達がこれからや

らねばならないことは、これから起きようとしている
様々な害への対策である。これを排除していく大きな
責任がある。もうすっかり海も山も川も住居も侵されて
しまっている。これ以上汚され、害されていけば取り
返しがつかなくなるだろう。どうしてもクリーンな
都市構造に生き返らせなくてはならない。どうか素晴
らしい福祉国家建設に国家が力を入れていって欲しい。

◎都市改革と政策
　（大手の企業或いは公共事業体が一緒に力を合わせ
　て進める。人材を集め優れたノウハウによって）

　全ての人類が世に生まれてきて僅か70年程の短い
生涯であり、一番良い時期はほんの僅か３分の２くら
いの年月でありましょう。そうした時期だけでも一生
懸命やり得るような環境を作っていくべきだと思いま
す。だから一人ひとりが幸せな生涯を送れるような政
治的政策で進められるよう努力すべきです。例えば今、
庶民が何に一番困っているか、望んでいるか、そのあ
たりから手を入れてみる必要があると考える。だんだ
ん大きな問題に取りかかっていき、なるべく計画的に
短期間に済んでしまうことが理想であるが、やはり綿

密な計画によって進めることが一番良いと思います。

　手短なところからメスを入れるならば、日常生活で一番密着しているのは衣食住である。それらを満足させるには手足となる土壌から始めてみる。気持ち良く歩ける道があるだろうか。そのあたりから考えてみる（現実はすっかり出来上がっているが）。蜘蛛の巣のように張り巡らされている道路（通路を含めて）の形状であります。そして、それらのバランスを取るかのように家並みが石ころみたいに散らばり連立している。どちらが先か分からないままに１つの街や市が出来上がってしまっている。また、人間が生活をしていくために田んぼや畑が作られ、周りの環境もなんとなく自然性が窺える状態に見える（しかし、それもだんだん消えて行く）。

◎今日の都市住宅環境はどうか

　月日が経つといよいよもっておかしな状態に変化してくる。気持ち良く住めない環境となる。散歩するにも、走ったり、跳ねたり、飛んだり、運動したり、土のにおいのする所が少なくなり、自然の生活環境を損ね破壊していくばかりである。各主要幹線道路は殆ど

が交通渋滞を起こしている。あと５年もすれば道路も狭く感じるようになり、役目を果たせなくなってくるでしょう。そうした要因の１つは人間の頭と心の持ち方によるものであり、法律やルールを個人個人が守ることも大事だが（よく覚え、身につけ、行動ができれば良いが）、私達が日常生活の中で不便を感じることがあっては良い社会とは申せません。毎日必ず道路や軌道力等を頼りにしております（増えて行く車が蟻地獄と化す）。使い方によっては良くも悪くもなる。

◎道路や軌道力は大事な役目をする

　道（通）路は私達にとって毛細血管であり、大動脈でもあります。車を走らせるにも何をするにも利用される（だから将来性を考えて設計に当たる必要があるのです）。朝、玄関を出ると、直接的に間接的に誰でも良くも悪くも、関係を深く持つものです。従って、いやでも周りの情景が好むと好まざるに拘らず目に入ってくるものです（辺りの景色が目に入り、構造的欠陥や都市に集まってくる公害の実態は見逃すことはできない）。とにかく気持ち良く通れる道がないと言っても過言ではない（日本列島の都市開発の総合マ

195

スタープランは考えてある)。

◎人間の頭脳は無限に近い

　頭は使えば使う程良くなると言われているように、使い方によってはその能力は限界を知らない程あると思う。頭脳は奥底が深く計り知ることは難しい。良い方向に使われるならば大変世の中に役に立ち、素晴らしい程良い結果を生むことになります。その反対に悪い方向に向けられたら地球や宇宙が破壊されてしまうでしょう。いずれにしても自然にだんだん滅んでいく運命であり、自然の方程式でもあります。だから一部の手によって早めることはない。

◎科学的、学術的に学者が判断できるところである
（現在の都市の構造）

　地上、地下を問わず種々雑多、道路1本取り上げても地上には沢山のものが出ている。地下には敷設物が、各企業の財産が埋設されている。このような状況から環境を破壊していることは事実であります。目先にとらわれた計画設計だから中途半端なことになり、結局

は能力があっても小手先一つでやるので、こんな状態となり残念である。しかし、放っておけるものではない。ましてや地下の中もはちきれんばかりである。だからだんだん深くなって行く。

　人間は目先だけにとらわれ合理主義に走りがちなので、先に行って困るようなことが多すぎるため、どこかの時点で軌道を修正していくべきでありましょう。とにかく人間社会においてこれから何を重点政策的に行なうか、内外を問わず進めていく必要がある。個々の生活様式を高め、便利に暮らしていけるようになっていきさえすれば良いと考えている人が多い（それでは地球の寿命はどうか）。

◎生活様式を高め
　都市生活が豊かになっていくだけでは
　地球の寿命はどうか

　上下水道、電気、ガス、電信電話他、これらの設備が設営されれば大変に便利になる。その反対に莫大な費用（予算）がかかりますが（不平等にならない全体を考えた上で進むことが大事である）、長期的に全国的に都市生活ができるように統一した考え方で進めら

れるように行政指導を強力にして実施させることである。あまりにも無計画にどんどん日常茶飯事のようにあちこちで工事が進められて行くようではたまらない（形式的に役所に届けを出し、計画的に進められているように見受けられるがイタチごっこである）。

　曲がりなりにも現状ではなんとか利用しているが、本来なら美しい環境で気持ち良く利用していけるのだが、せっかく新設したり、新しく舗装され、やれやれと思うのも束の間、今度は道幅が狭いとか、車幅が狭いとか、或いはガードレールの取り付け、取り外しとか、側溝の打ち替え工事とか、終わったとたんに歩道の設置工事に取りかかる。そしてまた、ガードレールを取り外し、歩道を広げたり狭くしていく。次から次へと進められ、掘ったり埋めたりお忙しいだけで実に無計画と言う外はない。無駄なことも甚だしい。これでは立派な都市の発展もあり得ない（昔なら失対労務者のためとか言って逃れたが今ではだめで能なしである）。

◎都市計画の大事なことを
充分考えて進めるべきである
（自然の原則である）

　都市計画の重大さは知りながらも今となっては難しい。そのため、間に合わせ仕事になっている。ある意味からすれば失対労務者の急場凌ぎ的にも考えられる。こうしたぬるま湯的に行なわれているとすれば、いつまで経っても良くならない。このようなことでは庶民の生活、生活環境を脅かされ、大変迷惑と言うものです。こうして知らず知らずの中にストレスが充満し、抑えきれず爆発し、連鎖反応を起こし、社会問題にまでつながってしまうことにもなりかねない。こんなことにならないよう国家として、真剣に取り組んでいくべきであり、また国家事業としての責任でもあります。しかし、国として手に負えないようであればいろいろな方法はあると思います。とにかくプロジェクトを設けて長期ビジョンを立て、社会の再復興に力を入れ、地球と人類が守られて未来永劫に亘り幸せに安泰に暮らせるように努めるべきである（このままでは諦めと慣らされ滅びゆくままとなりかねない。また道が悪いため、或いは工事後の後始末が悪いため、事故となっ

199

たり、それらを悪用して有償問題を起こすようなことにもなりかねない)。

◎社会を生き返らせるために
　メスを入れなければならない

　住み良い都市国家建設を図るためには、人間教育も大事であるとともに、治安に対しても安全保障のできる国にすることが大切であります。また、福祉国家としても、一般的に一口に言っても、都市生活を送れることも同じことにつながります。公害・災害や保安上に対しても、政策的にも対策的にも行き届いた国であることも同じである。しかし、今日の国の政策では必然的に地球全体が公害・災害に、そして汚染に侵され、蝕まれていき、遅かれ早かれ廃墟と化してしまうでしょう。このような恐ろしい実態にならないためにも抜本的な対策を取り、人間自身の生き方をもう一度再認識して正常な頭に戻して行動ができるよう努めるべきである。このためにはもっと強い力、あるいは強力な教育方針を打ち出す必要が、時として出てくるのも止むを得ないかと推察するものです。
　間違った政治や外交政策のないように各国が配慮す

べきである。そうすることによって、向こう見ずな進め方はなくなる（今の国会の論議を聞いていると井戸端会議が多くて、全く与党も野党もなっていない。基本的なビジョンがない。国民を、国をどうしたいのか）。

◎今日の世代は明治から大正、昭和と移り変わり
昭和も戦後生まれが多くなってきている

　既に世代は21世紀を担っていく子供達に変わりつつある。だから今後はますます困難になっていくけれどやり抜かねばならない仕事である。既にまないたにのって計画はどんどん進められている筈です。まず副都心の建設である。まかり間違った計画になれば取り返しがつかなくなる。これ自体には問題は少ないにしても、この狭い地域を開発していく場合、必ず無理な計画となる。密集化している所にメスを入れていけば必ず弊害が起こります。それだけでなく、副産物まで出てきて大変なことになりかねない。

　例えば、1地域だけをとらえて再開発し、副都心を考えて計画実施していったとすれば、必ず弊害が起こる。初めに人間公害、車公害、廃棄物処理等の様々な

公害が押し寄せてきて対策的に間に合わなくなり、お手上げとなる。だから大都会と思って狭い地域を無分別に開発し、高層化させ、密集化していくことになり、マンモス都市になっていくことは間違いない。そうなると、その都市は住めるどころではなくなり、行政上においていち早く弊害が出てくる（夜は盛り場だけが賑わって他は死んだようになってしまう）。人口の密度のアンバランスとなってしまう。

　こうなれば自然的に多岐に亘って問題が続発してくることは明らかであります。

◎正しいと思って副都心の計画をされている

　正しい意味か分かりませんが私見を申します。こうして容赦なく自然界を破壊していけば必ず報いが来ます。どうか基本に立って根元から見直し、最高の権威から擁護し、確立を図っていくことを願うものであります。

　以上のような観点からどうしても国土の開発に力を入れて欲しいのであります。全体への目配りや配慮のない計画でなく、日本全国土を見て、新しい角度から

将来性のある副都心作りにより一層力を入れて欲しいのであります。

◎副都心の考え方、進め方について

　冒頭に申し上げている通り、国土開発が基本であり、福祉都市国家建設を目指すため、それらに必要なものとして、今後ますます複雑化していく都市だから、それだけにバランスのとれた再開発に力を入れざるを得ない。そのために副都心の在り方、道路の計画の仕方、高速道路の設け方等（住宅地、商業地、工業地、オフィス街、官公庁等）、とにかく1地域において「ムリ・ムダ・ムラ」がない都市作りを目指すべきであります。大事業を為すに、政治的、経済的、内外国を問わず、我々人類に対し、優先されるべきは何かと申せば、宇宙、即ち生命が本源であることは疑う余地がありません。我々人類は合理化とか便利さとか目先にとらわれ、地球自体を破壊している。人類自ら生命を縮めている。どうあっても真っ先に考えることは、世界の人類の平和と、地球全体を自然に返し素晴らしい都市作りに力を注いでいくことである。

都市計画は道からということですので、しばらく道路を中心に話を進めて行きます。

　政治的に介入する訳ではないが、何と言っても国を治めているのは政府なので、政治家達がまずこのような考え方にならなければ（発想の転換を図らねば）、世の中は良く変らない（頭がなければ駄目である）。理由の分からないことで論議するより、花の１本、木の１本、道の１本、形となり潤いを持たせていけるほうに軌道修正すべきである。

　今日の道路の実態はどうなっているでしょうか。まず調査から始め、あらゆる資料を集め、検討を重ね、その上で実施する。基本ベースとしての地形図を選定し（計画から実施まで行ない得る素材）、進める。設計施工図用として、大縮尺図（1/500 ～ 1/250）、計画図用並びに索引図用として小縮尺図（1/10000、1/2500）が必要とされます。小縮尺は基本図として、国土地理院で作成されている（他にも小縮尺図で1/50000、1/10万等があります）。こうしたデータを利用して作成に当たる。詳細設計や構造計算その他に必要な資料は任意に作成していて、とりあえず1/500縮尺を基準にして進めることにします。

　現在、何を行なうにしても実情に合った縮尺の地形

図が揃っていない。あったとしても一部であり、補正も加えていない状態である。どうしても抜本的な政策をとり、この大事業を成功させるため、基本ベースである地形図を全国的に作成する必要があります。

　具体的には、1/500縮尺地形図、1/300或いは1/250縮尺の境界査定図は1/250に統一するとよい。どうしても国土開発を行なうためには、この位のものが必要であります。何故かと申しますと、家屋1軒1軒、ビル1棟1棟の戸数や需要家数（国勢調査資料含むもの）として、全国的に行なえばどれだけ役に立つか奥が知れません。1企業や官庁だけでもがいても国の損失となります。そんなことから国家として推進させていくよう行政的にも指導が必要であります。一口に申し上げられるものではありません。実際に進めることになれば莫大な費用がかかりますので計画性をもって短期間に完成させる方法で進めていく。尚、将来コンピュータが採用できるように、精度的に道路台帳図位に近づける道路台帳並びに航測図を利用して作成する。大事なことは、作成開始と同時に補正も並行して行なうことである。だから大きなプロジェクトは国だけでなく、大企業の専門家も交えたチームで進んでいくことが望ましい（例えば国と公共事業体との組み合わせ、

205

或いは、それらに精通している学識豊かな人達も交えて）。

◎大縮尺図の必要性

　1/500縮尺の地形図を日本列島の主な道路だけでなく、私的な所を含めたものを作成していく計画なので、大規模の事業計画であります。もし、この計画が実行され、完成した暁には、大変貴重なものとして取り扱われるようになります。それも広範囲に亘って運用が可能であり、存在価値（付加価値）も大であります。精度的に見ても図上0.2 〜 0.6mmであり、座標、基準点（三角点・水準点）が使用されているため、一層価値が高いものです。しかし、地形図も生き物ですから、作りっ放しでは用をなさなくなります。常に補修正作業を進めていく必要があります。進め方はいろいろありますので、一番費用のかからない早く良いものができる方法をとっていく。そうすればいつ如何なる時も、最新の情報が加えられたものであれば利用でき、付加価値が出てきて役に立ち満足されるものです。
　1/500縮尺地形図は座標並びに基準標を用いられているので、数値的にも設計図としても利用されると思

いますから、恐らく高く評価されると思います。尚、この地形図のサイズはＡ０～Ａ１判の大きさですので、メッシュ管理が最適であり、コンピュータ等を導入され、システム化が図っていけます。公共事業においては、地下埋設事業として、かなりの財産が道路上、或いは屋内まで入っております。こうしたものや他のものを含めて維持管理や設計施工図や、事務的・機械的他の管理等に大いに役に立つ筈です。

　思いもよらないことで利用され、お互いの利益につながってこないとも限りません。重ねて申し上げますが無計画・無能力・無責任であってはならない。どうあってもこの大偉業を成せるよう、関係する企業が国と協力し合って推進委員会のようなもので進めていくことが得策と考えます。何故かと申し上げるまでもなく、地上、地下、路面上は絶えず変化しています。だからその一部である道路を取り上げて考えてみても変化する要因が充分考えられます。要するに生き物として取り扱っていかねばなりません。そのため、いつ如何なる時でも最新の情報が満たされていて役に立つものでなければならない。

◎大縮尺図の1/500地形図や

　コンピュータについては

　国、官公庁他どんな状況か

　現在はどこの企業も官公庁も完備されていない（一部の企業で自社だけでコンピュータシステムをとっている）。例えば、こうした精度の高い地形図とデータベースになるソフトの開発が整備されていけば、当然国をはじめとして役所関係、公共事業、関連企業にとって大変重要であり、有意義なことは間違いのないものと確信します。

　これらが完成することによってどれだけ役に立つか知ることでしょう。それだけに、地上だけにとらわれず（固定観念にとらわれず）、空も、海も、山も、陸も、川も、全て関連してくるものです。

　当面は路面を重点的に考えて話を進めて参ります。

◎路面上（道路）には何があるか

　それは生きている

　道路には私達が都市生活するための多種多様の埋設

物が敷設されております。これらは地形と同じように
生きて呼吸し、絶えず変化する要素のあるものばかり
で重要な問題を秘めています。だからどうしても関係
があるところはとにかく正しく判断され、確かなもの
で実行されたい（施工管理上を含めて）。1事業者だ
けでなく、3事業者によって責任重視に。

◎情報の整備と人材について

　正しい情報で正しい資料のまとめ方と、大事な仕事
なので人材の教育も必要である。立派な地形図、デー
タが揃っていても、それを実際に進める人達がそれら
を使いこなしていなければ、宝の持ち腐れである。と
にかく専門専門に技術者を養成し対処できるようにす
る（例えばコンピュータに明るい人をプログラマーに、
他にも環境整備士、技術士、施工管理士といったプロ
フェッショナルを集め、大きなプロジェクトを作って
進める）。何を始めるにしても基礎力と基本ができて
ないと、何をやっても駄目になります。
　情報を入力する基本資料が現在はない。大なり小な
りの地図はあっても完全に出来上がったものはありま
せん。役所で進めてきている縮尺が1/500や1/250〜

1/300の台帳は完成まで時間がかかる。また、予算も計画的に進められるので、長期計画になってしまい、先に作られたものは古くなり、補正まで手が回らないこともあるので、正しいものとして使用できません（常に補修正を加えていかないと正常な運営ができません）。

　このような状況なので、完成するまでには大分年数がかかり、実際にはあまり役に立っていないのではないかと思います。作られたものが広範に亘って運用が可能であれば問題にしないのですが、作成方法もまちまちであるため、統一がされてないので使いにくいところもありますから、この辺のところも考慮し、検討され、体系づけて1本にまとめた形で進められると、大変良いものになりますが、これをまとめていくリーダーが出てこないことには進められない。

　それにもう1つ重要なことは資本であります。

　この事業を推進することは、確かに莫大な資金がかかります。しかし、個々に進めるのではなく、共同で進めていけば、それ程難しいことではない。必ずこの事業計画に投資された資本は先に行って大きく生き返ってきます。昔の人はうまいことを申しています。「ものは考えよう、頭は使いよう」——こうした教え

によってこの計画を実現させて欲しい。莫大な資金が
かかりますので充分検討され、納得のいった関係機関
でよく審議され、合意の上で推進されることを切望す
る（国の税金を有効に）。

◎全国的に推進されることになり
都市計画等も見直しされる

　国としてこのような重要な問題を放置しておくこと
は考えものである。遅かれ早かれ、これはどうしても
国や公共事業にとっては、必要不可欠なものであるた
め、作成しなければならないものです。この基本ベー
スから始めなければ、先には進むことができないと
言っても過言ではありません。必ず国も公共事業体も、
或いは関連する企業も一部加わり、必要性に迫られ動
き出さざるを得なくなります。前にも申しましたが、
重ねて申します、役所に任せていては無駄な費用ばか
り出費するだけでいつになるか分かりません。完成し
た時には古くなり、利用価値がなくなる。また、役所
で作成するとなかなか民間には自由に利用させてくれ
ないので、ますますおかしくなる。そうした深い考え
から、国と民間企業、或いは関連する企業が参画し、

協同で相互理解の下に、共同責任から前向きに進んでくれることを希望します。

　統一されたもので、企画し、実際に運営されることになれば、今までと異なって工事を進める上で変化してくる。

　この基本ベースに従って役所も企業も種々仕事をする上でやり易くなり、各々が同じテーブルでよく話し合いができ、内外面においてもしっかりした計画性も組め、充分理解されたもので実施される筈ですから、庶民の生活環境を脅かすことが少なくなってくると思います。こうしたことに深い理解を示されて事業計画に参画されるならば、大変意義の深いもので、社会に対しても、大きく貢献されることは間違いありません。また、大きく考えますと、人類にとって大転換期でもあり、構造的変革の道標であろうかと実感するものです。

　道路調整会議でも、まちまちの縮尺図を持ち寄ってくるのでうまくいかないと提言しています。各企業がどのように転換していくか楽しみでもあり、心配なところもありますが、実践的に活用がされていく上で、それぞれの活用方法が異なっていても、終局的には同じであるので、例えば、１企業の維持管理にメスを入

れてみますと、計画設計に始まり、申請用、施工図用、保安対策用、折衝・渉外用、役所や他企業或いはこれらを使って打ち合わせをする関係企業に大きな役割を果たすことになります。欲を申せば、まだまだ広い範囲に運用が可能であります。例えば都市計画用、財産管理用、各企業間の情報交換用として（コンピュータ等によってコントロールされる時代にはすごく役立つ）、広い分野に亘り運用を図っていける可能性を秘めておりますので貴重なものです。ちょっと飛躍した考え方をすると、今日の国家的事業の在り方や、行政指導も、人間教育の在り方（内側、外側を通して）をしっかりと確立されているか、また、教育者としての人格、そして姿勢等はどうでしょうか。低迷し、様々な矛盾が山積していることも事実であります。

　こうした社会を作り出しているものはどこに原因があるのか、再認識して出発させなければならない。それには教育者としての自覚と人間性から根本的に見直さなければならない。何故かと申しますと、既に世の中は宇宙時代に突入しているにも拘らず、地上での生活環境や教育環境などはなおざりにされているからです。この現実的な面を実際に考えて行なってくれる人が育っていない。だから私は大声で叫びたいのです。

どんどんと地球が破壊されこそすれ、良くならず、公害の源を生み出している。だから地球の将来を考えて教育者のあるべき姿を促したに過ぎない。21世紀を背負って立っていく若者達の人間教育と、社会と文化の教育も合わせてする必要があると思います。それらは総じてこの地球の土壌から始まります。これらが立派に為せるような人に育成していくのも大人達の義務でもあり、責任でもあり、使命でもあります。教育に携わる人々は、単なる労働者であってはならないと思います。ちょっと横道に逸れてしまいましたが、基本は人間社会の出来事であるので、これらも関係があり、重要なことであります。

◎誰もが都市生活を送りたいし
どんな地域に住んでも人間は文化生活をしたいもの

　道路1本、住宅1軒を取り上げてみても、満足に値するものはないと言っても過言ではない。大きな屋敷から小屋に至るまで様々であり、道路も大きい小さい様々。これも無計画なのか、能力的になかったのか、とにかく今日の生活環境は悪すぎます。国道から村道に至るまでもう一度再確認して将来を考えて作り替え

る必要がある。毎日、私達は誰彼なく道を歩くにも、車で走るにも、家に帰ってくつろぐにも、不満を持たない人は少ない。だから、頭の中では、国は、政府は、政治家は、役人達は、何を考えているのだろうと、愚痴の１つや２つは出てきます。だが不平不満だけで、現実は済んできている。しかし、このままいってしまえば当然、保守的な、間に合わせ仕事となり、最後はそれもできなくなり、どうにもならなくなってくることは明らかです。

　必ずと言ってよい程、道路を利用している企業は、年中行事のように掘っては埋めるの繰り返し作業であります。お役所仕事と言ってしまえばおしまいです。とにかく進捗状況を見ていても完全に復するまでに時間を要する。予算とか、決まりとか、形式的を重んじ、現実とかけ離れていることが多い。だから、イタチごっこをしていても、それが当たり前と思っている。ザルに水というものです。税金を無駄遣いしていることにもつながります。

◎公共事業の１企業であるＴＧ社はどうか

　私はＴＧ社の仕事に携わって十数年になりますが、

215

ガス事業について、まだ微力ではあるが触れてみます。企業の一員として、また、社会の一人として、第一義的に考え、私達の日常生活に大きな役割をなしていることもまた知っていただくためにも、ガス事業を取り上げました。

　ＴＧ社並びに関連企業を含めて、それぞれの役割から常々、庶民に対し、顧客サービスは勿論のこと、安定供給と需要供給のバランスを取り、安全に供給できるよう日夜を問わず努力され苦労されていることは事実であります。その現れとして第一に、未だにガスを、人命を落とす材料とされる方々もおります。一酸化炭素を含んでいるところから危険なところがあり、また、低カロリーであるためエネルギーの転換にも力を入れ、特に安全なエネルギーとして応えてきています。が、これで良いわけではありません。これからが重要課題として重視される時に来ている。だから、ＴＧ社のシステム化に役立てるためにも1/500縮尺の地形図が必要になってくるのです。この地形図を利用して財産管理やそれぞれの事柄に転用して付加価値を求めていきたいと考えた。

　日常生活において欠かすことのできない熱エネルギーの１つとして、都市ガスは常に安心して使用でき

216

るよう努力していますが、なかなか全国民を満足させられるに至っていない現状であります。全域までガスの供給が行き渡っていません。ＴＧ社は日夜を問わずいろいろ検討され、エネルギーの開発や転換計画に力をより一層入れてきていますが、そうした問題を優先されながら、大事なことが後回しにされている。政策面的に多少のぬかりがある。それは事後処理とされることが起きてくる対策で、処理するものが出てくるのであります。良いことを進めながら、一部では政策面できちんとしたもので進められていれば、そんなに国民に迷惑がかからず行なうことができるのだが、どうしても発生してくる。いずれにしても何かをやろうとすれば必ず、事前調査をし、データの分析から始め、しっかりしたもので、計画的に進めることが大事である（政策面に力を入れるべきである）。とにかく、大縮尺図を使ってガス導管から供給管並びに屋内管まで、設計から維持管理までとりあえずできるまでにしていくことです。ＴＧ社に限らず、1/500縮尺地形図はこれから大変利用されていく貴重な資料です。現在は小縮尺の1/1000で進められていますが、これは精度的にも問題があり、これからますますデータが増えていくので、保守管理などにも、また、計画、設計、施工

217

図として、或いはいろいろな方法で運用がされていける素材でもあります（供給改善、保安対策、維持管理、設計並びに調整会議等の資料として、コンピュータ管理が進めていけるデータベースとなり、やがて大きく使用されていく筈）。

　今後の社会情勢は著しく変化していくばかりです。特に都市は変化が大であります。恐らくこのまま進んでいけばマンモス化となり、過密都市となって、構造面での公害が発生し、それらによって人間も増え、人間公害から車の公害、あらゆる公害が満載して大事となってまいります。

　エネルギーの問題も大事ではあるけれど、人間が暮らしていく上での必要条件が満されたもので生活ができることを願っているので、そのために、政府としてどんな政策で進められるのか、私達には明快なものが１つもないと言っても過言ではない。選挙の時期になると、候補者は当選の暁には必ず実行しますと言って目標を掲げて約束する。しかし、実行できないのが多い。また、本当に人類が困っていることが出てこない。

　田中角栄氏みたいに、日本列島改造などと大きな話を出されても具体的に示されていない。だから、おかしなことになってしまう。とにかく今日のような実情

では理解に苦しむ。本当に先々心配である。どうか政府は真剣に世の中を見て欲しい。そして、どうか人類が安心して住める環境で国家形成を図り、人間教育も充実させ、福祉国家として素晴らしい都市作りに貢献されるべきである。

◎現在の東京はどんな状況下に置かれているか

東京はあまりにもあらゆる面で膨張しすぎ、風通しが悪くなってきました。太陽の光もなく、呼吸困難になっている状態であります。こんなに大きな問題を放置している今の国の都市政策は、ほんの小手先の加減で進めている。これから先、1億の人間がみんな同じ都市生活が送れるような都市作りに頭を働かしていただきたい。無駄な労力を使わないで通勤・通学ができる都市作りをする。具体的計画を立て、長期にかかるもの、短期にできるものと分けて、日本列島改造ではなく、日本国土の再建を図っていくべきである。あまりにも無計画に進められてきたので、一度、日本全土を航測写真で撮影され、各年ごとに1/10000、1/2500、1/500の3種類の縮尺地形図を作成され、これらを基本に新しい都市作りをする。副都心も結構だが、やは

り、分散都市を推進すべきが得策と確信する。

◎何故、分散化を図らねばならないか

　業種別とか、職種別に色分けする。例えば学園都市、住宅都市他。単身赴任等がなくても済むように遠距離通勤のないような住宅の整備、都市政策を行う。

　ご存じのように、地方から東京、大阪、京都、名古屋、神戸といった都市に集まってくる。だから必然的に人間が集まり、一部の都市だけに集中されることになり、全てに変化とともに悪循環となり、結果として矛盾が起こるのであります。例えば、1つの駅ができるとその周辺が一気に値上がりする。こんなことであってはならない。特に大都会ですと、そのケースが大きい。だから私は長期に亘っても是非ともこの国土開発を進めていきたいのであります。これを私は、「日本国土開発マスタープラン」と名付け、プロジェクトによって推進させたいのです。どうかこのプランを検討していただきたい。尚、国民の皆さんに知ってもらうためにあえて分かり易く一例を挙げることにする。

　皆さんは通勤時間にどれ程かけているか考えてみて

下さい。1日の労働時間が7〜8時間として、通勤時間が3〜4時間が普通になっている筈です。半分が無駄な時間となっていて、労力に大きく影響を与えていることになります。これが毎日行なわれているわけですから大変な損失をしていることになります。どうですか、よくお分かりいただけたでしょうか。

　こうしたことを解決していくために、このマスタープランを推進させていきたいのであります。どうかご協力をお願いします。

◎日本国土開発マスタープラン

　旧都市、現都市をよく検討され、21世紀に向かって、今から再建設に踏み切って行く時期だと確信します。地域ごとに整備していくために、綿密な計画白書に基づき、全国民が納得され得る最大公約数を選び、都市構造の変革を実施する。これが義務でもあり使命でもあります。1地域単位で再建を図っていくことで、その代替地として設け、そっくり移り住むことで進んでいく以外に方法がないと思います（大外科的手術以外にない）。このような大事業を為していくことによって、今日の歪んだ文明社会を正しい軌道に戻し、

より一層豊かな住み良い文明社会を作りだすことが大切であります。どうか国民の皆さん、今日置かれている私達の社会環境をご覧いただけたら、ご理解がいくと思います。大企業はブルドーザーでもある。こうと思えば外国まで侵出して行くでしょう。日本ではもう複雑すぎて駄目だからと言って、企業的考えでアメリカとかイギリスとかまで行って土地を買い、労働力まで買ってしまうと、21世紀の日本経済は低下する。景気は表面的、外見的には確かに立派になってきました。科学的にも大変進歩してまいりました。その反面、膨大な爪跡を残し、公害を発生させ、まき散らしている。日本の国は小さい島国です。しかし、狭ければ狭いなりに、工夫して住み良くすることもできる筈です。とにかく誰もが平等な立場に位置づけされた中で、気持ち良く暮らしていける日本列島国土に開発し、変革していかねばならないのです。そのために日本列島の土壌を開発し、地形なり都市の進め方をよく研究・探究し、人口の平均化や、それぞれの条件にマッチされたもので適切な機能性により、都市国家建設を実行に移していけるようにしなければどうにもならない。だから思いきって大きな石を、或いは爆弾を投げるより他にないと考え、改革案を投げたのである。日本離れ

しないように内需の拡大と、内部の見直しをしていく
時に来ている。

　上記でも少々述べましたが、今日置かれている道路
の状況は、どれ一つ取り上げても満足なものはないと
思います。誰もがうなずけると思います。最近は幹線
道路に限らず日増しに交通の状態は悪化してくるばか
りです。例えば、首都高速道路ということで高い料金
を払って乗ると、結局は時速60kmの規制道路なので
す。何かちょっとでも起きると直ぐ交通渋滞を起こし、
逃げ場を失い、一般道路を走ったほうが良いことが多
分にある。入れ過ぎることも原因となる。

◎高速道路とは名ばかり

　初めて高速道路を利用した時の出来事です。首都高
速道路を時速100kmで走り、横羽線の川崎料金所を
通過して500ｍ程走った時、覆面のパトカーに止まれ
と言われた。その時の速度は時速83kmであった。何
故かと聞くと、スピードの出し過ぎとのことで違反切
符を切られた。そこで私は納得が行かず30分程抗議
した。有料の高速道路なのに何故時速80kmで走って
悪いのか、首都高はみんな時速100以上kmで走って

いても取り締まられないがどうしてかと。すると、管轄が違う、ここは高速道路ではなく、時速60kmと規制されているので当然ルール違反であると言って罰金を課せられた。全く馬鹿なことをしたと悔やんだものです。高い料金を払って貴重な時間までとられた。

　とにかく事故や故障車があると、たちまち渋滞を起こし、高い料金も貴重な時間もみんなふいになってしまい損をすることになる。こうなると気持ちがいらだち、思わぬことに巻き込まれる。また、仕事にもいろいろ支障が出てくる。そのため、また余計にいらだち、その遅れを取り戻そうと焦り、事故或いは災害に遭い易い原因を作り出す。そういったことが悪循環を繰り返すことになって損害を被ることになります。

◎行政での仕事はどうなっているか

　上記のようなことを役人（国）に言ってみても、明快な答えは返ってきません。とにかく道路１本をとらえてみましても、本当に満足なものはありません。ガタボコでつぎはぎだらけです。どうしてでしょう。それに日本の道路は全般的に狭い。だから車で走るにも、散歩道を歩くにも、気持ち良く通れない。役所（政

府）は何を考えているのかさっぱり分からない。役人はもっともらしい顔をしている。そして長期計画と称して区画整理だとか、道路の拡幅工事計画などと言っているようだが、的を射たことをしていない。基本的な問題すら分からずに進めているからです。

◎根本的に間違えている

まず、出発点である基本ができていない。道路自体が狭い。いくら日本の国土が狭いからと言って、合わないものを作っても駄目である。人口密度によって、或いは都市の大小によって、どのように変化しても応えられるものでなくては駄目である。せっかく区画整理されたところでさえ、また拡幅計画によって整備される。

綺麗になったかと思うと間もなく歩道が広すぎるからと縮小工事が始まったり、歩道橋の工事を始めたりする。最初に歩道のない道を作っておいて、ガードレールなどを取り付ける。そのうちに予算がとれたので歩道付きにする（車道が狭くなったと言って歩道を少し削り、間に合わせ仕事となる）。

これだけならまだしも、今度は上水道、下水道、電

気、電信電話、ガス、側溝打ち換え、舗装工事、信号機、路面標識、標示関係が変更される度に繰り返し工事が行われる。車で走る時、人間が歩く時も全て美的感覚を失い、気分を害し、環境も疎外され、何のこともなくただ規定通り、また指示されるまま実行しているにすぎない。何とかこうした誤った考えを正していこうという人材がいない。旧態依然のまま進んでいる。だから莫大な費用をかけ、歩道橋や信号機を築造されてもあまり利用する人がいない。必要とされる所にないこともあるが、歩道橋はあまり役に立っていない。この費用をもっと生かして使う方法がある筈。皆マンネリ化しているから変わらず、そのことでどれだけ迷惑しているかしれない。

◎行政指導はどうなっているのでしょうか

　行政指導が悪いのか、或いはそれだけの能力しかないためか、それともできないのか。無駄が多すぎて無責任も甚だしい。もっと基本から見直し、勉強し、先見性を養い、立派に行政的立場から満足のいく計画で都市の整備にかかってほしい。時々見かけることですが、橋が狭くなったのか、橋に沿わせて道路橋を取り

付ける、また、補助的に歩道橋を橋に沿わせて人道専用を取り付けている。こんな一時的な間に合わせ仕事をして無駄な多額な費用を出費している。全くナンセンスである。税金がどうのと言う前に、活かした使い方を考えて進むように、国民はもっと積極的に示して行くべきだ。この問題だけでなく。

◎**車を例にとってみると**
　道路規制、速度規制等がある

　何故こんな規制をとるのでしょう。誰もが気づいていることですが、やはり規制しなければならないような設計であるからです。せっかく高速道路を造っても、時速60kmに制限されたり、渋滞する程入れたりすれば、結論は明白でしょう。また信号をやたらに設けたりしている。これが必ずしも良いとは申せない。どちら側に立ってもルールがあります。このルールを守っていくことが大切なのです。しかし、なかなか難しいので、やはり車も人も満足できる設計で道路を作り替えていくべきである。高い金を無駄な歩道橋や信号機、それに、これらに関係するものに使うのはすべてやめ、これに代わるもので役に立つものに使うことである。

◎日本の至る所の交通状態を考えてみよう

　日本の地形、地理的条件はあまり良いとは言えないが、理想を申し上げれば、海や山など水に恵まれているので、どこを選んでも住むことができる。しかし、現実的には既に不便ではあるが作られてしまっているので、それらを踏まえて、既設を基本として考え、そこから見直していくので大変である。仮に現在ある信号が、次に設けられた信号との間隔が近すぎ、時速40kmの速度で走れなかったとしたらどうでしょうか。もし、これが現実としたらどうでしょう。いや現実に沢山ある実例なのです。だからスムーズに走れないのであります。駐車禁止や一方通行が多すぎる。やっていることが無知と言うか、無能と言うか、呆れてしまう。こんなことをいつまでも続けていけば、必ず不平が出てきて、やり直すことになり、無駄な費用を費やすことになりますので、くれぐれもよく調査をし、計画性を持って、国民の税金で行なうのだから大切に有効に使って、我々の時代だけを考えずに、未来永劫に亘って長期ビジョンで一つ一つ着実に実行していってほしい。

　正しい行政指導の下に、人間教育も大事だが、各々

の心の目を開き、人間が本当に安心して安全に住み良い町、住み良い都市、良い環境で、社会平和建設のできるような青写真が（設計）実現できるようにしなければならない。

◎公共事業としての役割はどうなのか

公共事業としての義務と使命はあります。国だけに責任があるとは考えません。いろいろ指導していても、なかなか徹底されないこともあることで、国も公共団体も、或いは関係する企業体の協力なくして成功はできません。地下鉄工事、高速道路、専用橋、共同溝共有橋、その他沢山工事があります。こうした仕事はみんな駄目になるものばかりです。

だから、お互いに話し合い、協力し合い、利益金も大事かも知れませんが、それだけでなくもっと重要なところに目を向けていただきたいと思います。意外なところに「ムリ・ムダ・ムラ」の３Ｍが出てきていることを忘れずに推進していくことを願うものです。

◎何から手を入れていくかを考えてみたい

　道路を新しく設けようと計画設計に入った場合、どのような方法が1番良いか。やはり安全で便利で環境の良い道路だと思います。例えば、向こう側に渡る場合、スムーズに行き来ができるような工法設計がなければならない。大都市だけでなく、これから発展しいく地方都市も含めての全国的改革にしなければならない。いろいろ述べてきましたが、これだけは絶対に守らなければ実現は不可能なので守ってほしい。それは人間自身の「心」です。心が腐敗していては何もできません。そしてルールであります。必ず何事かを実施に移す場合、定められた仕様に従って行なうが、法律や約束事を守るということが大切なのです。大きくは世界平和憲法を定め、世界中が1つに統一を図ることであります。

◎都市生活を送る条件として
これだけは実行しなければならない

　毎日、私達が豊かで安全に楽しく生活を営めるには、次に示されるものが必須条件であります。

１、法律を厳守していける人間性を養うことである

１、政治を行なう人達が、争うことでなく、正しく国を治めることに協力し、努めることである

１、社会生活をする上で、常識とか、良識とか、秩序などを立派に果たせる人になること（心）

１、安全衛生管理を行なう場合に不安全状態及び不安全行動を排除することである（公害・災害防止）

１、標準作業の励行

１、安全管理体制の確立

１、安全衛生教育の実施

１、安全点検と対策の実施

１、整理整頓の励行

１、公害の原因の排除

　その他数え挙げれば沢山あります。こういった様々な問題や、特に災害の原因は時と場所を選ばず場合によっては物的、人的、且つ空間や時限が重なり合って起こることが多いと考えられる。事故や災難の原因は、今までの調査資料の分析結果から、設備の欠陥が78％、人間の行動が87％と示されている。こうした

実態を見ると、上記に示された条件を怠ることで災害に陥る。そして取り返しのつかない損失が発生する。少々具体的に申し上げれば、大なり小なり、肉体的精神的苦痛に始まり、経済的損失につながってきます。しかし、大きな問題として、本人はもとより、家族、親兄弟、同僚、会社、社会等に大変な迷惑と損失を与えることになるからです。人間として生まれてきた以上、誰もが幸せになる生活を望んでいる筈です。また幸せな生涯を求め、毎日働きながら努力されていることも事実です。それに誰もが幸せになる権利がある筈です。もし、できないとすれば、何かが邪魔しているか、世の中の誰かが仕組んでいるのでしょう。

　また、物理的はともかくとして、自然界から考えてみると、実際問題として、住んでいる地球がどんな状態に置かれているか、真剣に考える必要があると思います。

◎資源とエネルギー戦争、自然破壊（地震火山）等

　今や世界は資源やエネルギー戦争、そして地震と人口問題について悩んでいる。これから先も同様である。中国の人口は約10億人位と言っているが、実際は倍

近いのではと言われている。戦争もなかなか終わらない。必ずと言ってよい位にどこかが終わるとまた別なところで火を噴く。これも年中行事である（とにかく戦争は別問題として先を進めます）。

　例えば、陸、海、空、地下などで、自然的に、必然的に、災害は発生し、多大な損害を及ぼすことになり、地球が破壊され、再起不能状態に陥ったとしましたら大変なことになるでしょう。誰もがそんなことが起きる筈がないと信じているからでしょう。しかし問題が起きてからでは間に合いません。起きる前に手を打つべきである。世の中には優れた人達が沢山います。科学者や専門家が集まりプロジェクトを組み、調査研究を重ね、所有データに基づいてまとめ、推進されることを期待するものである。殊に最近、地盤沈下も激しくなり、１つは不等沈下によるものや、地下水の汲み過ぎによる沈下等いろいろな現象によって起こっていることもあります。最近の地震はマグニチュードがだんだん大きくなっているとともに、回数も著しく多くなってきている。とにかく限られた資源とエネルギーであるから大切に使っていくことであり、むやみやたらに地球を破壊しないことである。そして戦争を起こして、そのためにみんな失ってしまうことになっては、

これまた大変である。尚、火山活動も起きてくる。休火山などが活動するであろう。死火山も分かりはしない。

　これらの破壊活動によって起きるもの、また自然によって起こるものがありますが、いずれにしてもその対策はどうか。好むと好まざるを問わず、これらの現象によって影響を受けることは確かである。地下に埋設されているそれぞれの企業の財産がさらされ、不通になっていけば、当然パニック状態に陥ってしまうでしょう。そうなった時の対策はできているのだろうか。今後はますます過密都市に変わりゆき、高層化時代へと入っていくでしょう。そしてビルの谷間となり、ビルの公害が発生し、管理面で責任が取れないほど大きくなってくるのでしょう。このような国の政策で良いものか。

　国家事業として、或いは関連ある事業体は姿勢を正し、責任ある行動をとって進んでもらいたい。そして計画の立て直しをして（発想の転換を図り）、優先順位ではないが、都市の再開発と改革をしていってほしい。それが福祉都市国家建設にもつながっていくものであります。いろいろ前後しながら。

◎都市計画は道路から

　と言われているにも拘らずどうしたものか

　道路を主体として工事を行なう企業は沢山あります。道路工事、地下工作物、敷設物等の計画工事が進められ、工事完了までに国民に迷惑をかけ、不愉快な思いをさせ、その結果、障害問題をも起こしかねません。またかと諦めムード。

　一例ではありますが、ガス工事を行なうための測量をしている時、何度か近隣の人が鎌を振りかざしながら追いかけてきました。また、隣のピアノがうるさいと言っては喧嘩したとか、車の騒音や震動やいろいろなことで争いが起きていることも聞いている。最近、車も大型化してきているので重量も増え、騒音、振動も大きくなり、道路自体にも相当な影響を与え、寿命を短くしている。また寒い地方はチェーンやスパイクタイヤを使用しているので、その影響力も大である。こんなふうに沢山問題があるのに、今、行政の在り方はどうなっているのか。

◎交通渋滞が何故起きているか

　環状線、有料道路は最近渋滞が多くなってきている。だから満足のいく道路が殆どない。原因は何かと申し上げれば、狭い都市に不均一に集まってきたため、緩和しきれない。全体を見渡しても道路状態が悪すぎます。計画的に新設された道路でも１年も経たないうちに欠陥が見つかり、手直しする例が多い。例えば、歩車道区別なく作ってしまった後でガードレールを付けたり、歩道を付け加えたりする。

　このような問題だけでなく、高速道路（首都高速有料道路）についても問題がありすぎます。故障車が１台でも出ると直ぐに渋滞する。特に事故などを起こせば、たちまち交通麻痺を起こし、長い行列を作って何時間も待たされる（無駄な時間）。こうした時に対策など一向に考えていない。もし地震などが起これば
いっぺんにおしまいになる。これにも構わずどんどん進入させるため、何kmも数珠つなぎとなってしまう。

◎余裕をもった設計ができないものか

　安全性は勿論のこと、道路として機能を果たし得る

設計施工をしてもらいたい。結局は少しでも早く目的を果たしたいため、お金を払ってまで利用している。それなのに、大丈夫と思って高速道路に入って行くと、車が詰まっていてのろのろ運転となってしまう。引き返そうにもターンができない。それに出口が遥か先の方にしかない。間違って乗り越してしまっても戻れない。ターンするバイパスや逃げ道がないために困ってしまう。その結果、その困った分だけ取り戻そうと焦る（癪に障る）。そうなると無茶をしてつまらぬ事故を招く原因になりかねない。これは個人の問題でなく、大きな問題である。これらは、まず計画の時点に欠陥があるからです。誤った設計がそのまま行なわれ、施工されてしまうからです。大きな事業程、一度型ができてしまうと変更や作り替えができない。また莫大な費用が投下されて実施されたものですから、一日も早く役に立てたい。収益性も考えてのことは充分理解はできるが、人命も尊いが何もかも狂ってしまい損をする方が大きい。長期に亘っても対処できる設計施工を試み、真剣に取り組むべきである。

◎都市生活に欠くことのできないものは
電気、ガス、水道、下水道、電信電話他

　例えば、どれが欠けても都市生活にはならない。尚、何かの事故が発生した場合にどんな状態を引き起こすか、考えるまでもなく困難な事態となることは明白である。網の目のように複雑化した構造で敷設されているので当たり前のことです。もし、こんなことが実際に発生した場合、いつ如何なる事態となっても常に万全であるという保証が確立されているかである。

◎各々の企業は万全な管理体制が取られているか

　どこの企業（公共事業）も、これらの政策と対策がとられているか疑問である。もし、とられていないとすればすぐに検討され、対処すべきであります。私はＴＧ社の仕事に携わって十余年になりますが、ガス会社の仕事の内容はどうか、体質はどうか、管理面はどうか、検討してみます。

　一口で説明することは難しいが、まず簡単なフローを示しますと、ガスは炎のエネルギーとして国民から親しまれていますが、これは使い方によっては良くも

悪くもなります。現在ご家庭で使用されているガスは低圧であります。安全にご使用できる圧力までコントロールされております。機能的に分類すると、高圧、中圧、低圧となりますが、高圧は高圧としての機能が備えてあります。中圧は産業用、低圧は一般用（民生用）として役割が果たせるようにしています。原料としては、今のところ石炭、一部は新潟から引いている天然ガス（江東天然ガスなども一部使っている企業がある）、石油ガス、オイルガス（石油、ナフサ）。

　最近はオイルガスに代わって多少カロリーもアップされ、5000kcalとなってきた。尚、6Bガスと液化天然ガスから製造された13Aガスから熱量変更で13Aガスになり、11000kcalとなった。やがては天然ガスに代わっていくことでありましょう。先に述べているようにメタスト転換計画（天然ガス導入）は私の提言によるものです。いろいろ海外から情報が入り、いずれ液化天然ガスのLNGなどが多量に輸入されることになるということである。

　これからはエネルギーの変革がされ、高いカロリーで煮焚きができるようになります。圧力が強くなれば、当然パイプの口径も小さくて済むし、経費も安く、いろんな面で価値が出てくる。大口径は輸送管だけとな

り、コントロールタワーも小さくて済む。今までの工場は必要がなくなり、中間的な役目を受け持つようになるでしょう（コークスやタールなどを必要とするものとして多少一部残す場合も考えられる）。大型ステーション的な所は何ヶ所か作ればよいことです。既に根岸工場が完成され、次は豊洲工場が完成しました。全面的に作動はしてないが、一部だけ作動され、オイルガスが製精・供給されています。しかし、オイルガスもそう長くは使われないと思います。やがて海外から輸入される計画もあり、すでに袖ヶ浦工場の完成が間近に迫っています。これが天然ガスへの転換となり（内外環状幹線ができることになる）、将来はきっとクリーンエネルギーとして、需要家の末端までガスが供給されることになります。恐らく需要家の皆さんから喜んで楽しく使ってもらえることでしょう。やはり炎が出るのが庶民にとって魅力的です。炎から炭火化ができるようになれば、両面化が図られて、冷暖も電気に近づけていく時代が来る。ガスで電気を起こし、その電気で自動車やタクシーやバスの走行が可能になるかもしれない。

◎天然ガス転換計画と
コンピュータシステム管理について

　天然ガス環状幹線が完成すれば、きっと需要と供給
のバランスがとれるようになるでしょう（そのように
聞いているので）。しかし、これらを計画し、実施さ
れてきましたので、恐らく、莫大な労力と資本が費や
されたことでしょう。また、その後も大変だと考えら
れます。まず、製精する工場が必要となる。そしてガ
スを安全に使ってもらうために、それなりの設備投資
がされます。工場の次はタンク、ガスを使えるように
するため整圧器も必要となる訳です。どれをとっても
金のかかものばかりである。簡単な幹線のフロー
チャートとして、工場―G.S―V.S―GH―G―M―需
要家となる。こうして大事業を成し遂げようとしてい
る。ＴＧ社は何故、幹線事業計画に力を入れているの
か。それは安全性と、高いカロリーでの安定供給が
図っていけばよいことと、輸送力が大となり、供給と
需要のバランスを保つことができるからであります。
それから、袖ヶ浦工場と根岸工場が連絡すると、環状
幹線として働き、その上もう１つ計画されている東京
湾岸幹線が計画通りに行けば、大きな原動力となるこ

とは間違いない。ルートを決め、ここまで来るまでには並大抵の苦労ではなかったかと思います。完成がされても、安心はできません。次はそれらを維持させていく手立てが必要になってきます。

◎維持管理はどうか
（測量法に基づき座標展開をしておく）

　せっかく苦労して完成できたのだから、維持管理はもとより、安全に機能が果たせるよう努力しなければ何もならない。もうちょっと具体的に示しますと、先程は幹線のフローでしたが、今度は一般的なフローで示してみます。工場—整圧所—整圧器—M（高圧—中圧—低圧）。こうして安全にガスが使えるように、日夜ＴＧ社は努力しています。その努力の結果、有害ガスから無公害ガスに転換することができるようになってきた。維持管理をする上で大事なのは、いつでも新しい情報で管理ができることです。作られたものは壊れるし、古くなりますので、いつでも使えるようにするためには補修正をしていかねばならない。幹線ルートとしてガス管が埋設された時点で、その位置なり深さなりが、いつ如何なる時でも確認できるようにして

おくことが正しい維持管理に結びつきます（これはほんの一例に過ぎませんが）。

◎国も企業もそれぞれ研究や実験を行なっている

　人間が行なうことは必ず完全なものではない。いろいろ考え努力はしているが、どうしても公害や大気汚染、そして光化学スモッグなどの原因を作って迷惑をかけている。いや、陸も、海も、空も、至る所で安心して住める場所がないようです。近い将来、人間の手によって人間社会を破壊してしまうのではないかと心配です。こんなことにならないように、国民は自覚され、偉大で素晴らしい地球を守り、本当に住み良い人間社会を作り上げていかねばならない

　日本は米ソから比較すると猫の額ほどの面積で、資源もない貧乏な国です。しかし、日本は気候的に恵まれているし、海にも囲まれていて、貿易関係にも、民族的にも恵まれている。だから戦後僅かな年月ではあったが、復興が早かったし、人口も増し、経済面でも著しい伸び方をした。今は高度成長が進み高い水準にまで達しました。国民性というものが現在の日本を支えてきたことは確かです。重ねて申し上げますが、

日本の国土は小さいが自然環境に恵まれ、本当に素晴らしい国です。どうか大切にしていってほしいものです。これも泥沼でもがいているようなもので、聞こえないかも知れません。それが証拠に、知ってか知らずか、年がら年中破壊し続けていては、日本列島もいつかはおかしくならない筈がありません。

　日本列島だけでなく、世界が危機にさらされていることは明らかです。いずれおかしくなってくるでしょう。気象庁の調査データやその他の情報から判断すると、理解できます。このような無責任とも言うべき計画と申しますか、無知と申しますか、あまりにも身勝手な進め方のように見受けられます。とにかく、国民性からくるのか、こんなに小さな日本国土で、無分別な計画でどんどん都市の改革を進めていけば、きっと弊害が起きるでしょう。

◎都市の改革は将来を見通した形で進めるべきである

　総合的判断によって人類が生きていく上には、どんなにお金がかかろうと、時間が必要とされても、これだけは一度実行しなければならない。人間は限られた命であり、また気がつく人はそういないのだから、そ

の時点に実行に移すべきと確信いたします。人間は何かをやろうとすれば必ず摩擦が起きます（良し悪しは別として）。とにかく、立派なものであれば納得されることは間違いない。例えば、都市改革をする際に全体を見て福祉都市などを計画され、それぞれ総合的な見地に立って判断され、都市生活にふさわしいもので進めていく、特に環境の整備や、安全衛生や、交通状態、更にはエネルギー改革など、そして災害とか公害の起こらないように政策的に進める（できる限り対策などがない位の計画で）。

◎エネルギーの問題を例に

どうしても私は、ガスというものから離れてものを考えることができません。また電気も同じことですが、公共事業から離れた考えはできません。これらは全て人類にとって欠かせないものです。毎日密着して生活しているガスというエネルギーから離れられないので、ついそこに行ってしまいます。進歩という言葉があります。この字の通り、はじめから文化的な社会ができたのではないことが理解できる。それと同じように、ガスも最初は物を燃やすところから始まり、石炭、石

油、天然ガスと変化している。日本には天然ガスは少ない（一部、新潟ラインという地下から出る江東天然ガスとか言うものがある）のでＴＧ社は買い入れている。その中に、外国から多量にLNG天然ガスを輸入する計画がなされている。

◎天然ガスは高カロリーであるが無尽蔵ではない

　今やエネルギーの転換期へと入ってきたようです。ＴＧ社は外国からの天然ガス輸入計画を進めている。近いうちに実現される予定である。袖ヶ浦工場に持ってきて気化し、そこからルートを経て国民の台所にハイカロリーで届けられる時代になってくるでしょう。

　しかし、この天然ガスは無尽蔵にある訳ではありません。また、天然ガスに代わっても決して安全であるとは申せない。確かにカロリーも高く、クリーンエネルギーで無公害と言われます。一酸化炭素がなく中毒死することはないが、注意を忘れば酸欠を起こし、爆発を起こしかねません。

◎文化生活を送るにはルールも厳しくなる

　如何に便利で素晴らしいものであっても、不注意と悪用をすると事故につながります。安全にガスを供給するためにはどうすればよいか、日夜真剣に努力している。しかし、使用する側が正しい使い方をしなければならない。両者がルールを守りながらいけばこんなに楽しく便利なものはないでしょう。ＴＧ社はこのところ、設備投資に力を入れている。また、ガス管も傷んでくるので取り替えなくてはなりません。まだまだ明治、大正時代の管も埋設されているので、計画的に取り替え工事を進めている。工事を行えば、必ず設計や管理していくため、必要とするものを作らざるを得なくなる。

　新設工事は少なくなると思います（これから15～20年位までにＴＧ社は大きな事業は終わると思う）。今一番必要とされるのは、きちんと管理できる地形図だと思います。役所も、公共事業は統一された管理図が必要になってくる筈です。

　地形図の大きさは、縮尺的に1/500の道路台帳図と同じで良いと思います。設計図や管理図に適している大きさであるから、今後コンピュータによって管理も

できる時代となった時、すぐ移行ができると思います。また、近い将来、必ずコンピュータによるマップを使ってのシステム化、或いはビデオディスク化時代に変わってくる。そしてどこの企業もコンピュータ導入されることは疑う余地がありません。

　ＴＧ社も、これからの情報化時代を把握され、正確さとスピード化と顧客へのサービスにも応えていけるシステム化を図っていくことが必要ではないかと考えました。現在活用している地形図と管理図は精度的にも良くない。これで満たせるものではない。情報も増えてきているので図面管理としては小さすぎる。これからコンピュータ管理をするためには、座標が入ったものでないとうまくいかないので、1/500縮尺を進めていきたい。

　ＴＧ社の維持管理はあまりにも投資力と工事量が多いため、遅れている。出来型図の整理も滞り気味である。こうした状況下で現在の線・面管理図では精度も悪く、小縮尺で様々な縮尺なので使いにくい。今後の運営上、問題が起きます。だから大縮尺図の地形図で精度的にも良い道路台帳図を運用されることが、経費面も他の面でも良いので、この際、１企業だけにとどめず関連企業も同じテーブルについて進められ、総合

マスタープランによりシステムセンター的に考えていくべきが一番良策だと確信します。

　何故かと申し上げると、道路調整会議や法令等で共通される問題として、協議される時も他の工事が交差し影響し合う場合、また逆に占用位置が決まっていても自社のものが重なり合っている場合、自社か他社か接点がつかめず不明確である場合も、データの不備や基本ベースとなるものが異なっていることによって問題が起きることも多い。

　このような観点から、企業ごとに全社的に見直しをしていく時期に来ていると、道路調整会議に参席した時に気づいた。

　ＴＧ社は何としても公益事業の中では一番危険な商売ですから、思い切って政策的に実施されるのが正しい道かと思います。全般的にデータの洗い出しをして、一括管理ができる方法をとって、設計図や管理図は1/500と1/300と1/250位の縮尺が一番良い。この程度のものなら大概のデータが入れられる。しかし、資料（情報）は沢山ありますので、やはり根本はデータの整理の仕方から始まり、そして１つひとつ背番号、路線など細かく分類して仕分け、パターン化を図っていく。総合的に考えれば、毎日どこかの企業が代わる

代わる、入れ代わり立ち代わり工事を行なっているのです。こうした事業を行なうにしても、統一された基本ベースで管理ができれば良くなってくると思います。

◎公共益事業が１つになって初めて
　文化生活ができる（生活設計が引ける）

　上下水道、電気、ガス、電信電話等が揃って初めて、文化的都市生活ができるわけです。何が欠けても不便さを感じます。熱エネルギーには種々ありますが、特にガスは炎のエネルギーで大変魅力的に感じさせ、台所に立つことが楽しくなり、また、目に見える必需品の一部として重要な熱カロリー源であり、文化生活に要求される源泉とも申せましょう。また人間社会では、生活様式を高めたい気持ちは誰もが持っています。個人差や、民族的、或いは地域差があると言いますが、その度合はともかくとして、良否の不明確さの判断のつかない人が多いようにも見受けられる。とにかく、人間は我が儘な動物であるが故に、生活も向上し、贅沢な暮らしに馴らされると感じなくなり、いつの間にかその過保護的な環境から一歩も出られなくなる。

◎戦前戦後を通してこれからの社会について

　戦前とは第2次世界大戦前を指します。ここでは一般的にちょっと触れてみたいと思います。戦前・戦中・戦後と3段階に分けて考えてみます。この3時代の比較をしてみると、違っていることがお分かりになると思います。いつの時代でも個人差の優劣はあっても、戦中派は多少良いが、戦後派は体力的に偏っていて忍耐力に乏しい人達が多くなってきている。これも時代の要請か、或いは取り巻く環境と社会全体が腐敗してきているのか、この原因を作っているのは人間教育の仕方と、責任の欠如であり、それらが大きな欠陥を生み出している（良識の位置づけが分からない）。

　例えば、法律や法令、法規等いろいろと人間社会には守らねばならないことが（決まり）あります。しかし、人間には正しい理解と裏腹に都合良くそうしたことを逆に利用する人もいて様々である。性格的におとなしい人でも、車に乗ってハンドルに手をかけると、今までの気持ちがどこかにふっ飛んでしまい、血走ってしまう。そしてルール違反をする。そこでその責任を逃れようと考える。すると、ここでも個人差が出てくる。うまく責任を逃れる人、逃れられない人、顔の

広さと、いろいろ矛盾が出てくる。それはともかくも安全に快適に走るためには、まず、車に乗る予備知識があること、そして法令、法規を正しく理解して運転技術的にも充分であれば、これらを厳守していけば99％は安全であります。後の１％は不可抗力として取り扱われる。だから大きな問題が起こることはない（何故災難が起こるのか、起こすのか）。

いつ如何なる時でも、安全管理（運転）を怠ってはならない。事故を起こしてからでは遅い。不快となり、両者共に損をするばかりか人命まで落とすことになる。どうしてか人間の悪い癖として先の方ばかりを見たがる。後方などにこだわる傾向にあるため、足元を見失うことが多い。目先や外観で判断せず、しっかりした態度で心の目を養い、望んでいくことである。偉大な方の教えに「経済的な満足より、身の満足が大事であるということです」というのがある。要するに「身の財宝・心の財宝」を積んでいくことで、素晴らしい生涯を送ることができると言われています。ちょっと横道に逸れましたが。

ガス事業は国民生活にとって欠かすことのできないものとなってきました。それだけに企業として、日夜努力している。幸いにＴＧ社は熱量変更を行なうため

252

に、天然ガスに切り換える計画に着手されたと聞いています。そして昭和60年頃までに、需要より供給力が高くなり、需要家の皆さんに迷惑をかけなくても済むとも耳にしました。本当に企業者として、公共のために努力されていることが窺えます（メタスト転換に入る計画）。

　ガスは、安全に使えば、これ程便利で楽しいものはない。調（料）理をすることにおいては、先にも述べましたが、取り扱いに注意することであります（何事も同じことが言えることです）。しかし、未だに都市ガスが普及されない地域があります。残念ながら都内23区内でもかなりあります。口先では宇宙時代とか、文明社会とか、福祉国家だとか言って、実態はどうかと言うと、矛盾だらけの政策である。これも何とかしなければならないのではないか。

◎本当に国を思い愛しているなら
　もっと異なった形で現れる筈だ

　ガス事業もそうであるように、上下水道も完備が遅れている。国はどこに着眼点を置き、政策を行なっているのか分からない。本当に国を愛し、利便性だけで

なく衛生面においても国民生活を我が身になって考えているならば、矛盾とか不平等は起こらない。能力が政府にはないのだろうかと疑いたい。便利で合理的な生活様式を望んでいる気持ちは誰もが同じである。これらに応えられる計画と行政指導により、長期に亘っても納得行くように努めるべきである。

　○○工事と称して何ヶ月もかかって工事が完成する。また、そんなに日を置かずに次の企業が取りかかる。そしてまた完成する。ほっとする間もなく、別の会社が工事に取りかかる。せっかく綺麗になった道路が無惨にも壊される。その時に出る騒音等は実に不愉快であり、不自由さに悩まされる。このような思いは誰もが経験していると思います。すべて、どの辺に問題があるのか深く掘り下げてみる必要がある。ほんの一部指摘をすると、計画を立てる能力と甘さに問題があります。それと、国と共同体系の中で育くんでいく姿勢があるのか大きな柱がない。その困難さがある。とにかく繰り返されながら進めるということは不経済であり、労力の損失であり、利口な進め方ではない。

◎人間社会を外側から見てみよう

　全ては人間社会が基本であるから、あくまで人間中心主義から発生する。動物や鳥類が自然の中で生きているものの、人間達の手によって自然界をどんどん破壊し、汚し、迫害している。人間と異なって、考えること、智恵を出して向かってきたり話をしたりできないので、人間達の意のままになっている。だから絶滅してしまう程である。これも人間が引き起こしている罪であり、重大な責任を侵かしていることを忘れてはならない。

　如何に人間中心主義の世の中だからと言って、自然を破壊していくことは許されない。それも、戦争のためや企業的戦略による実験で、無差別な破壊と公害を生み出している。今や世界中が緊迫化し、追いつけ追い越せの状態で戦争をしている。人口問題、資源問題もさることながら、それらの影響で公害・災害といったものが地球全体を侵しつつあります。こうなると、一番被害を受けるのは、口も利けない動物や小鳥達である（弱者達である）。

◎石油はエネルギー源としても
その他多種に亘って応用がされている

　この石油も僅か50年だろうという説もあります。また、次のエネルギーとして考えている天然ガスも無尽蔵にある訳ではない。だから人類が生き続けていくためには、真剣に考え、次のエネルギーに代わるものと、人類が生き残れる最低の条件を維持できるような研究を、種々な角度から対処しなければならない（これらのエネルギーを得ることによって地球のバランスが崩れてしまうとも限らない）。

◎宇宙開発とコンピュータ時代

　宇宙開発とともにコンピュータ時代に入った。これからは宇宙を通してではないと話ができない時代になっていくことは間違いない。そして全てがロボット化され、キーかボタン１つによって操作が行なわれることになる。企業にとってコンピュータ化されることで、当然そのために要求されることは正確な資料作りである（正しい情報の資料作成）。機械化していくということは、メリットを求めていくことでもある訳で

すから、正しくデータをまとめ、インプットをして、いつでも必要とされる時に正しいデータが取り出せる条件を整えておかねばならない。また企業においては、人事、労務、財務、計数管理、或いは図面管理、品質管理、維持管理他等されているが、その中の1つを取り上げても、満足なものがないのではないかと思います。一般的にはそれなりの方法で行なわれているが、ＴＧ社の図面管理は路線と面管理がハンドで行なわれている。これからはハンドで行なう管理の仕方では間に合いません。コンピュータによって、オン・オフラインシステムを採用できるように運んでいかねば、世の中から取り残されてしまうばかりでなく、企業が弱体化していく。現在の管理の仕方は無駄が多すぎる。ダブついていたり、コミュニケーションが良くなかったり、特に最近は資料が膨大となってきており、収納しきれず、また、データなどを記入するベースも余裕がなくなってきている。例えば1/1000縮尺の図面も、何度も補正を行なっているので傷だらけになっていて、運用しきれなくなっている。そこで、先に述べてある通り、今後は大縮尺である1/500道路台帳（埋設管台帳図）と1/300〜1/250縮尺の確定測量図（台帳）を採用され、地下埋設企業が共同開発され、役所と協力

して進めていくべきだと考えます。そうした中で総合マスタープランにより、集中管理方式によって横の連絡を密にとっていけるコンピュータによるシステム化を図っていくべきである。

　もう少し具体的に入ってみますと下記の通り、現在採用している管理図として主なものは、縮尺が1/600、1/500、1/300、1/250、1/50路線図（出願用、出来型用、詳細用他）、面管理として1/1000板図（マイラ）、1/5000板図（マイラ）、1/10000他、尺寸様々。小縮尺図は主に索引図、計画用、案内図用として運営されてきている。しかし管理体制がしっかりしていなくて、貴方任せのところがある。基本的な進め方がない。出来型図が納入されてきても満足な整理ができないため、台帳としての役目をなさない。1/1000縮尺の配管図にまで影響してくる。そのため、せっかくの情報も無意味となってしまう。私はこうしたことを目の当たりにしてきたので、これではいけない、何とかしてあげないことにはいけないと考えまして、今まで経験してきたものを全て出しきって体当たりする決意をしました。

◎基本に立って提案すればきっと成功できると
1/500縮尺の作成を進めた

　今後は機械化されていくので、機械化できるように、資料の再チェックと整理をし、まとめていかなければならない。そのために必要になってくる基本的なものは揃えておく必要がある。第一に、設計図と管理図に適している地形図はどのあたりのスケールが良いかを考え、面管理やコンピュータを行なうにはＡ１サイズ位の大きさと、スケールは1/500が良いだろうということで、いろいろサンプルを添えて提案した。作業のまとめ方として、地形図やデータの収集や整理方法とか、散乱している資料等のリストなどをまとめて、それから図板（番）の整理、路線番号、需要家ナンバー装置カード、供給管、本支管、導管、Ｇ、Ｖ等に関するまとめ方と材料などの記号化……沢山やることがあります。とにかく論よりは実行に移すことが先のように思います。目的を決めてプロジェクトを作り、近い将来、総合的なマップシステム管理センターによって、トータル的システムで運営していく方向で進んでいくべく長い間考えてきていたので、思いきって提案することにした。

◎昭和45年に支社制が敷かれる

　この年、横浜出張所に所長として任命を受けた。そして今まで懸案事項だった1/600縮尺の路線図と、1/1000の管理図を1/500に切り換える提案を神奈川支社のM部長と図面室責任者にしたところ取り上げられ、テーブルにのりました。M部長とは本管時代に家族ぐるみの付き合いをしていて信頼関係があったので取り上げてくれたのだと思う。これと同じくして現在の出願図や一般図面は墨トレースしていたのを、鉛筆トレースにできないだろうかと新方式を考え出し、紙も三菱のケミカル和紙50〜55kgを使うことになり、鉛筆で設計し、ゼロックス第二原図方式が採用となった。それから出来型図も複雑なハタ上げ（材料の引出線）をしていたものから簡素化を図った。その後、何度も出向き、納得の行くまで通い詰めた結果、1/500縮尺に対し関心度合が高まり、全社的に広まり、やっとのことで専門委員会ができました。それが1/500縮尺導管図の推進小委員会の発足となりました。これも恐らく、M部長が常務会に話をしてくれて発足にいたったのでしょう。

◎1/500縮尺導管図作成推進小委員会が具体化される

　小委員会メンバーはＴＧ社含め３社から数名ずつ総括Ｋ次長他数名と他社、Ｔ氏、Ｓ氏、神奈川支社のＨ係長と索引図と地形図の参考資料を渡し、私も小委員会に招かれ、講師となり次の通り説明を果たした。1/500縮尺導管図作成方法として、道路台帳を借りて行なう。ないところは航空写真図を使って現場調査を加えて作成することにした。一度に作ると労力と経費もかかるので５ヶ年計画とした（本来なら早くすれば一番良いのですが）。全域が完成すれば各企業にも分けて、同一市場で合理化を図り、情報交換もスムーズにでき、都市においても環境の整備計画にも役立てられ、大きくは付加価値が求められます。理想を申し上げれば、役所はリーダーとなって、統一を図り、大型システムセンターなどを作り、推進されれば良いのではないかと思います。これが不都合なら、どこかの専門性のある企業が責任を持って進めることも良いと考えました。

◎長期計画で道路台帳や確定図を作成している

　道路台帳図は実測図であるため、精度は確かなものである。これを利用しない手はない。また、公共的事業をしているのだから当然である。公図は信頼できない。実情を疎外するので疑問が残る。実際には役に立たないと言っても過言ではない（目安位にはなるかも知れない）。

　台帳は精度の面で信頼があると申し上げましたが、問題がない訳ではありません。道路台帳も公図も行政或いは各所が別々に地域割合で進められるので、接合箇所が合わなかったり、スケールが異なったり、任意座標であったり、いろいろな問題があります。

　予算の問題、形式的な問題等により、台帳の整備にかかり完成させるまでは程遠く、最初に作ったものは古くなり補修正を加えていないので使用が不可能に近い。このまま行ってしまえば先には進展しない（役所は経済的な理由と能力的なことで）。公共事業は勿論のこと、関係ある企業の協力なしでは、この大事業は実行不可能である。

◎全てに転換が必要な時期である

　社会情勢は大きな曲がり角に来ています。何をすることも今を置いてありません。この機会を逃せば何も先に進まなくなります。恐らく個々の計画によって進められ、都市の構造はメチャクチャな方向で進み、手のつけようがなくなる。国民はこのことをよく考え、国が間違いを起こさないためにも大きな目を開き、発想の転換を図り、自分達の住んでいる足元をよく見て、都市の改革と国土の開発が正しく行なわれるよう努力すべきと考えるものです。

　これから見直していかなければならないものは、都市計画をしっかり行なうこと。国土の開発を行ない、住み良くしていき、環境の整備についてもしっかり行なうこと。道路の整備についても、台帳に関するもの全部を全国的に行なわねばならない。"狭い日本どこへ行く"ではないが、狭ければ狭いなりに工夫と使い方があります。それをやっていないので、こんなふうになってきている。国土の開発をして、日本列島を本当に素晴らしい国に改革（造）していきたい。大変莫大な予算と能力と労力がかかるだろうが、国を挙げてやれるようにすればスムーズに事は運べる。これも説

263

得力のある力のある人材によるチームプレーでなければならない。

　今、私達の目の前に立ちふさがっている問題は、ほんの一例にすぎません。問題は都市の計画をどうするかにあります。日本全土を見て、バランスのとれた都市をまず考え、現在出来上がっている道路や町をどのように料理していくか、区画整理の進め方や、今の形式で良いか、副都心のあるべき姿はどうか、軌道車専用道の設け方、環境整備について、交通機関について、満足の行く設計はしていない（述べていくと沢山あります）。例えば道路を歩いてみてお分かりいただけると思います。路上露出物が順不同にゴロゴロしている。美観を損ねるだけでなく、道幅を狭くして歩きにくくしている。表面は花や緑の木位にして、他は地上から消していけば素晴らしい町ができる。邪魔になるものは地下やビルや家屋の空間なども利用し合って最大限に利用していくことで、なんとか解決ができると考えます。

◎私が何故都市計画に力を入れるか

　元を正していくと、土地や資源や財産は誰の所有物

でもないと思います。先祖を通していろいろな問題を
起こしながら今日に至っている。そこで20世紀の人
間なら分別も人格もある。常識豊かな気持ちで一度財
産を平らに戻し、国の責任において平等な社会生活が
送れるようにしていく（これは大変なことですが、無
理は承知だからある程度近づけたい。人間は一生涯豊
かで各々が満足できる暮らしができばそれで良い。余
分なものは必要ない。一人で欲張っても無意味だか
ら）。個人差はあるが。

　例えば、1世帯平均3〜5人家族が必要とする面積
は200m^{2}もあれば充分である（国の面積を計算すると
500m^{2}まで認められる）。1人当たり100m^{2}が持てる
計算になります。しかし常に一定した人口の割合を保
てないので、そのあたりの調整が難しいが、具体的に
していく必要があります。まず人間1人が保有すべき
財産、生活していく上での必要な条件を考えます。い
くら美味しいものを出されても一度に10人分も食べ
ることはできません。お互いの共有財産で間に合うも
のはなるべくそういう方向で進めると、個人的に必要
とするものはほんの少し位で済んでしまう筈です（あ
まり欲張りすぎても目だけが自己満足に終わってしま
う）。

本当に人間に生まれてきて、誰もが良かったと微笑みを浮かべて旅立てる世の中にしていきたいのです。だから私はどんなことがあろうとも、公平に、争いをせず暮らしていける社会にしていきたいのであります。恐らく、そんなことは理想だと笑う人もいると思いますが、決して実現できない筈がないと思うからです。その気になれば、まして今は宇宙時代となり、人間が月まで行ける時代ですから、きっと可能性は充分と信じるものです。

　そんなことから、ものを大切に取り扱って行くことが大事です。人間は食べる、寝る、着るの条件は満たされなければならない。しかし現時点をとらえると、生活様式が高くなったので、その辺をよく分析してかからでないとうまくいかない。

　いきなり原始時代に逆戻りする訳には行かない。気持ちだけでもそうあれば、やり易い。やはり、現実的な社会の基礎は見逃せないところがありますので、全面的に無視することはできないので、それらを踏まえた形で改革していく。すっかり文化生活に慣れている私達にとって欠かすことのできないのは水道、電気、ガス、下水道、電信電話、軌道力といった具合に挙げられる。誰もが、生活水準を高め、常に健康を維持し

ていくことが理想である（健康管理、保健衛生なども考慮せずに進めることはできない）。

　人間の体は約60～90％が水分である。水は欠くことができません。その点、日本は水には恵まれている。水道の蛇口をひねると水が出ます。何の危険も感じることなく口にすることができます。家庭で使っている水道の水源池は伏流水域、河川、地下水、湖や沼の地表水である。しかもこれらの河川や湖や沼から取るべき水量は流域全般に亘って、農耕地やその他にも利用できる水量として適切な配水とする。必要都市の水道計画は都市だけで解決するものでなく、国土計画に立脚した地方自治体の計画も取り入れた形で、また、大都市の水道は、水源池を同じ系統の流域ばかりに求めることは都市の保安上から安全ではない。やはり水源池は２つ以上の系統に求める必要がある。また並行して考えねばならないのは下水道である。都市の衛生的、文化的生活は下水道の普及によらなければならない。また大都市、地方都市においても、下水は人体における排泄器官にもたとえられるもので、この敷設をなおざりにしては都市も、町も、村も、保健衛生の完璧を期することはできません。

◎衛生設備にも地形図は必要性が大である

　汚水処理場の計画設計にも縮尺が1/500の地形図は必要である。また、これらを組み立てていくには、氏名、地番や、状況判断する場合に住宅地図が必要になってくる。いよいよ実施することが決まり、敷設費として莫大な予算が投下されることになります。結局は上水道・下水道が完備されるだけでは、庶民生活の健全と体位向上は永久に望めない。また我が国の諸都市における下水道の敷設の普及に関するだけでも遅れていることは誠に憂うべきことであります。

◎諸都市における上下水道の確立

　諸都市における上下水道計画を確立するためには、都市全域に亘り、隣接する地域の地形状況を調査し、よくまとめ、諸問題を解決していき、下水排除と、その地方の利害など、無理のない計画に従って順次に行なっていく（下水処理場となると、国民にとって重要であるのですが、建設場所と言うと苦い顔をする）。

◎都市圏における交通機関を考えると

道路や地盤や地下埋設物に
大変影響を与えている重量車輌が増えてきた

　都市圏における交通機関としていろいろ活動している。内外を問わずと言ったほうが良い。かなりの早さで交通機関が発達し、良い面と悪い面がはっきり出てきています。車が大きくなると輸送能力が大きくなってメリットが出るけれど、その反対に害を及ぼすのも大きい。例えば、公害や大気汚染をまき散らす原因を作り、美観を損ね、せっかくの衛生的文化的活動をぶち壊すようなことでは困る。また通勤、通学の実態はどうかと言うと、地獄と言うほかにない。これらを少しでも緩和する方法がないものか。鉄道や高速道路、バス等に頼らないで済む方法を考えるべきか。今後は人も車も増える一方だから、都市への規制をしていかねばますます渋滞して、麻痺状態になる恐れがある。今後における交通機関の敷設の在り方をはじめ、関連するものは全て充分に検討し、円滑にできるよう、責任において実行してほしい。

◎高速度交通機関について

　高速度交通機関は、路面の交通に対し、一般的に通じるように立体交差をなし、スムーズに都市圏での活動が楽になり、運営ができることが望ましい。高速度交通機関には高架鉄道と地下鉄道があり、次のような主な特徴を備えている（長距離輸送に）。

　1、鉄道はバスや貨物自動車に比べて大量輸送ができる

　2、速度が速く、安全度が高く、時間も正確である

　3、退出勤時における混乱には増車も可能である（今後はますます都市は膨れ上がり、マンモス化されていくでしょう。そうなると緩和しきれなくなる）

　交通機関を理想的に計画されたら、どんな辺鄙な所でも良くなる。市民が都心を離れてその理想的な住宅地に住めることにより、路上の交通も緩和され効果的になる。鉄道や自動車道は市街地に入ると、自動的に高架か地下へ入るように設計されるべきである（100m以内にとどまるように）。

　高速度交通機関の敷設は都心から近郊主要地点に向かって放射状に貫き、内環状線と外環状線を設け、主

要駅と郊外電車と連絡できるように図る。商業地域と住宅地域と中心地帯との連絡や、私鉄、路線バス等の総合利用方法が楽になるようにする。各主要駅のうち、環状外にバスターミナルや車両駐車場を設け、ベルトコンベア、エスカレーターで路上に行ける。

◎高架鉄道と地下鉄道、高層化と地下化他空間の活用

大都市で旅客及び貨物を高速度で輸送し、且つ緩和するために、最初に施設されたのは高架鉄道でありました。このため、都市の美観が著しく疎外され、都市圏の諸設備や施設に障壁となるばかりか、不便を感じる点もあり、地下化を図った。今日では地下鉄道の普及が拡大されつつあります。地下鉄道は施工上の困難と建設費も莫大ではありますが、重要都市の使命を考えれば、この計画は大変重要な源泉ともなり、大都市交通上なくてはならないものとなってきた（高架橋、道、軌道の見直し）。

今後ますます地下鉄、高速道、高架道が設けられると、それに伴い地下埋設物等に影響力が大となり、計画にない余分な仕事が出てくる。そうなればお互いに協力体系をとり、共同責任をとり、調整会議を開き、

代わる代わる工事することをやめ、共同溝（或いはそれに代わるもの＝躯体を検討する）等を設け、一緒に進めていけばお互いに得となり、あたりに迷惑をかけずに行なえる。

◎災害について

（内外を問わず、各自で雨水を溜め、少しずつ流す方法も。土が消えて灰色に化し、雨が降ると洪水を起こす。また気温が上がる）

都市の災害について考えると、まず地震、台風、洪水等の天変地異に基づく公害・災害はどんな所にもあり、都市は全国の人口と富との大半を集積している関係上、それが都市に及ぼすことは、社会的に見て非常に重大となってくる。また都市は人家が過密化しているために火災や洪水などによる災害も常に大規模となりやすいのでその対策が必要となる。

◎防火、防災対策について

我が国の都市は未だに木造建築が多く、新建材等を使っているため、防火対策から言っても極めて危険で

ある。消火活動についても密集しており、有害なガスが出て困難である。また、労務管理も維持管理上が悪いために、現場に到着してもすぐに取りかかれず、原因を追及してみると、機械工具の欠陥や消火栓の蓋のネジが錆びついていたりソケットが合わず手間がかかって消火活動が遅れ、大きくならないうちに防げたのに、大損害になる例が多い（大火となり人命を落とすことになりかねない）。

　こんな防火対策をしていてはどうにもならないので万全を期して行くべきである。行政面もだが、今後における建物は全て防火設備基準を決めていき、その基準に倣って、古い建物も補修していく。その他にできる限り、身近でも具体化できるものとして、消防用水槽を設けたり、河川の濠渠などに吸水装置を考えたり、井戸を水源とした特別装置を考え、消火水道を開発して、消火活動が簡単に誰でも行なえるようにする研究開発に力を入れてほしい。雨水を溜め活用したり、消防自動車がなくても消火活動ができる工夫をするなど、国はもっと金をかけるところに気を配ればよいのだが。

　日本の道路や家の建て方にしても、せせこましい。いざ火災が発生しても逃げ場もなく、また、消火活動をするにも思いきって100％の力を出せず、未然に防

げた筈だが大きくなり手の施しようもなく全焼してしまう（後の祭りになってしまう）。

◎日頃の訓練がどれだけ役に立てられるか
（有害に対する防護マスクの開発他）

1、1つは火災を起こさないように注意すること
1、日頃の訓練がどれだけできているか、その時に充分発揮できるか
1、実際にぶつかった時に、落ち着いて行動ができるか

こんな行動がとれるように、訓練と教育ができているか、またしなければならない。

このように書いてきて、かなり繰り返して強調したところもありますが、どうかこの中から大切な部分だけでも引き出して、国の政策の一員に加えてもらえれば幸いに存じます。

私の理想は、人類が共通問題として重要なことを提案して、みんなで考え、みんなが満足して暮らして行ける世の中にしていきたいから、微力ではあるが、馬鹿げたことを提案していると思われることを承知で書きました。どうか聞く耳のある人、心ある人、国を愛

する人、人を愛する人、全てを愛する人は、私に力を
お貸し下さい。

　これは昭和30 〜 47年にかけてまとめたものである。
この中の一部を利用してＴＧ社の1/500縮尺の導管図
作成に当てました。今後は全国的に役立てられるもの
と考え、提案する予定です。
　前段でも申し述べたように、全てが生き物ですから、
常に変化していきますので、補修正を同時にスタート
させることが大切なのです。企業にとってはマッピン
グシステム化を図っていき、効率の良い運営を図って
いき、役所（国）も最大限に利用して、都市の在り方
について充分に検討を加え、住み良い町作りをしてい
くことに役立ててほしい（とにかく、ＴＧ社は５ヶ年
計画でスタートしたのであるが10年かかった）。単な
る設計や維持管理図だけに用いず、幅広く利用される
ことを望みます。

　ＴＧ社に現在使われているもので、私が起案し、提
案した主なものを以下に示します。

　1、ガス導管系統図

2、ガバナ系統図（ガバナ台帳〈縮尺化〉）

3、バルブ系統図（バルブ台帳〈縮尺化〉）

4、水取器系統図（水取器台帳〈縮尺化〉）

5、区分地図にガス導管系統図を作成（ガバナ、バルブ、水取器等の情報入れ）

6、橋梁台帳（縮尺化）、添架管台帳作成（写真付）

7、千分之一配管図（板図提案）マイラ化への移行

8、五百分之一導管図提案（自ら取り扱う。グラフィックコム）コンピュータ管理も同時に進める。現在のマッピングシステム

9、出来型図の改革（墨一色に統一し、新方式を提案）、現在の旬報方式（竣工図方式）

10、墨トレースをやめさせ鉛筆とし、第二原図方式を提案（全て縮尺は1/500をベース）

11、幹線関係、測量と図面作成法のマニュアル提案（座標の展開も併せて進める）

12、流量計算盤早見表の提案

13、装置図のマイクロフィッシュ化（整理の仕方とまとめ方）提案

14、COJISに関しての協力（データの整理等協力）

15、配管設計の自動化（提案）

16、この長きに亘って私がアイデアを提案してきた

ものがＴＧ社に認められ採用してくれたことが結果的に企業の成長に結びつけられたのです。採用してくれるようになり、結局、昭和47年までたくさんのアイデアを提案し続けたものの殆どが採用され、我が社の仕事量も増え、社員も数百名となり、事業所も毎年出すまでになっていたのです。

ここまで来るまでには山あり谷ありでしたが、ＴＧ社の事業に携わったお陰で、私の夢も90％位は達成された気がしている。終局的には一番はカルマのデジタイザーによるマッピングシステム化と、ＩＴ産業改革と、デジタルや光（ディスクとファイバーセンサー）によるシステム化でしたが、当時のＴＧ社Ｈ主任と次の戦術に展開していた。しかし初期の目的だった日本の都市再生計画は足踏みの状態になった。そんな時に、昭和56年に1/500縮尺地形図作成に協力下さった日本地図（ＭＲＣ）の社長からＺ社のＯ社長を紹介され、北九州本社に招かれ、当時ＴＧ社に提案した、カルマのデジタイザーによるシステム、グラフィックコム、キャド化等について講演した後、持参した資料を先方の

ＨＨ主任に提供した。その後Ｚ社はナビゲーションによるシステム化を図る。

以下に抜けていたところを載せる。

五百分之一地形図作成に関する問題は、神奈川県をはじめとして各行政区について山あり谷あり、起伏があること。チェーン測量にしても、機械測量にしても、それぞれ問題がある。

・測鎖測量は、0.6mm以上の誤差があり、起伏通りに測れるが、鎖の伸縮があって誤差も大きい。
・機械（平板測量）は座標を用いた測量だが、確かに平面直角座標により平面的に0.2mmの精度はある。ただし、起伏があり高低差は正確に表せないところが問題である。この誤差を少なくするためには、三角測量による計算式（ＡＯサイズの区画図に高低差）があるが、その高低差を割り出し何％加減するかで決まる。それは、パーセントを出すことである程度精度を高めながら五百分之一地形図精度を高め、許容誤

差0.6程度に収めることができるかにか
かってきます。
・地形は生き物ですから、常に補修正してい
かねばならない。とにかく1/500縮尺道路
台帳を全国的に作成すべきである。国家座
標を運用しているからです。他は任意座標
だから精度が低いので、成果品には無理で
ある。ただし調整が必要。

　後の人生は如何に生くべきか考えながら、も
う一度会社を設立させ、経営コンサルタントを
建設し、ボランティアを兼ねた事業計画をした。
まず、初期の目的の武道を極めながら指導をし、
更に地球人社会がどうあるべきかをテーマにし
て執筆活動に励みながら、夢をもう一度と考え
ていたところに、日本地図（ＭＲＣ）の社長か
らＺ社の社長に引き会わされ、Ｚ社の住宅地図
の社長と話し合いの結果、会社を設立し、Ｚ社
グループに入り仕事をすることになった。
　更にこれからの人生を、今まで考えてきたア
イデアをフルに生かし、研究し、世の中に出し
て生かしていきたいと思っている。昭和37年

からデジタル化（電子、原子、中性子）活用を、また、昔から動力車も自分の力で走れるようにしたい（液体燃料のいらない）と動力車を研究している（旧のＴＶは何万ボルトにか上昇するのを応用。尚、外に研究資料と設計画がある）。

＊動力車は、初めはＢＴを利用する。後は蓄熱法を自家発電と直流を交流に変換ＴＶ方式で変圧カロリーアップする。今まで色々な物を研究してきた中で、電気自動車と他数個を「知人が特許は長年かかるから、著作権なら早く取れ、年数も70年間だ」といって、それにのって資料を預けたが、３年経っても連絡がなく、電話をしても通じず逃げられた。資料は後で、弁護士から受け取り知人が返送してくれたが一概に情報が漏れ、後のまつりでした（これは昭和37年〜40年代に完成していました資料です）。

17、何故、私が国土開発マスタープランに着目したかと申しますと、戦後という苦しく辛い時代だからこそ、こうした状況をバネにして、今できることは何かと考え、荒れ果てた日本だからこそ新しい都市計画をして住み良い都市作りが一番大切だと考えたからです。復興の始まる前に行動を起こそうと。

環境問題等を考えながら都市再開発計画を立て、青写真を作り、確かなものとして進まねばと逸る気持ちで筆を執りました。

そして、実現のために建設省で学生アルバイトをし、思いきって上層部と諸先輩方に話したところ、そんな夢みたいなことを誰が取り上げるかと言われ、取り合ってくれるどころか笑われてしまった。しかし、どうしても諦めきれなかった。

そんな時にひらめいたのが公益（共）事業である。ということは、ＴＧ社のような企業で働くことが、希望に叶うことになると、ＴＧ社に紹介して頂いた。初めは測量、製図（トレース）の仕事でしたが、橋梁設計が得意だったことから河川測量から鹿島田の計画設計にも携わった。そうしているうちに、日大の学生を集めて会社を作るから頼むと言われ、会社が設立された。そして昭和29年６月にＴＧ社の役職者の定年退職者の受け入れ先会社として設立された新会社と分かり、一緒に働くことになり、最後は常務取締役本部長となった。

長年に亘り掲げてきた目標の「国土開発総合マ

スタープラン」も90％近く達成し、国家とＴＧ社、会社の発展に寄与したことは確かだと自負している。

それから２年半が経過した頃、両親が他界し、田舎に戻らざるを得なくなり、相続後に父の記念館を建立し、道場も兼ね備え、ボランティアで地域の子供を教えた。妻がお茶の先生なので共に指導した。私は15年程でやめ、執筆活動に力を注ぐことした。最後は三十数年書き溜めてきた宗教問題に取り組んだ。仏教と神教の神髄に迫り、矛盾と疑問が湧いてきたので現実に戻したいと考えたからです。尚、原稿を住職に検証して頂いているところです。

ＴＧ社はマッピングシステム化を図り、これから大きな事業への展開と変革への時代に備えるために、協力会社として、また、当社の技術力を発展させるために、更に社員全体のレベルを高め、目前に迫りくるメカニック時代に耐え得るノウハウのある人材を強化し、超ハイクラスに育て上げ、コンピュータ産業に遅れを取らぬように、またコンピュータ時代を先取りできるように調査研究をし、如何なる事業転換にも応

えられる専門プロジェクトチームを立ち上げ、世界に通用する企業に成長させたい一心で決意し、やっと踏み出すことができたところである。これも、ＴＧ社をはじめ都市エネルギーの皆様に縁を持てたことが大きな力となって実現されたのです。昭和47年に国土開発総合マスタープランを国家とＴＧ社に提案するも、ＴＧ社のみが採用され、昭和48年1月、オイルショックにも拘らずに五百分之一地形図作成が実施されたのです。これで、私の長年考えていた都市計画がこの時点でやっと夢が現実となり90％近く成功したと確信しました。これもＴＧ社のお陰です。後は国の責任において実行することです。次は都市再生計画もきっと希望の持てる日が来ることに期待しながら日々を過ごしてきている。

著者プロフィール

髙橋 保基（たかはし やすのり）

1935年、福島県生まれ
東京技術開発（株）代表取締役会長
髙橋慶舟記念館館長
日本拳法自然無双流空手道流祖宗家
日本大学校友会東京都第五支部副支部長

著書『地球環境の危機』（2003年、文芸社）
　　『要説 空手道教本』（2007年、長崎出版）
　　『必携 家庭医学百科』（2019年、元就出版社）

自叙伝と地球人社会への提言

2021年6月15日　初版第1刷発行

著　者　　髙橋 保基
発行者　　瓜谷 綱延
発行所　　株式会社文芸社
　　　　　〒160-0022　東京都新宿区新宿1−10−1
　　　　　　　　　　　電話　03-5369-3060（代表）
　　　　　　　　　　　　　　03-5369-2299（販売）

印刷所　　株式会社フクイン

ISBN978-4-286-22236-3